Markus Gasser ist 1973 in der Schweiz geboren. Während des Architekturstudiums konnte er als Flight Attendant der Swissair die Welt bereisen und lernte Menschen, Kulturen und die Schönheit der Erde, aber auch großes Elend und Ungerechtigkeit kennen. Noch früher prägten ihn seine Erfahrungen als Spitalsoldat und Nachtwachenaushilfe im Unispital Zürich. Sein Praktikumsjahr in Architektur verbrachte er in Denver, wo er eine große Liebe zu Colorado und dem Westen der USA entdeckte. In seiner Freizeit hat er mit Malen und bildnerischer Gestaltung, Themen wie Gesellschaft, Natur, Umwelt oder Gut und Böse thematisiert. Mit „Auf meinem Weg zu dir" beschreitet er zum ersten Mal auch den literarischen Weg.

Markus Gasser
Auf meinem Weg zu dir

BOOKS on DEMAND

Markus Gasser

Auf meinem Weg zu dir

Roman

Bibliografische Information der Deutschen
Nationalbibliothek:
Die Deutsche Nationalbibliothek verzeichnet diese
Publikation in der Deutschen Nationalbibliografie;
detaillierte bibliografische Daten sind im Internet über
http://dnb.dnb.de abrufbar.

Lektorat: Marcel Weyers
Korrektorat: Claudia Volland

Herstellung und Verlag: BoD – Books on Demand,
Norderstedt

ISBN: 978-3-7526-2574-5

Weder Distanz noch Zeit spielen die Rolle, die wir denken. Alles ist miteinander verbunden, alles ist eins, ob wir wollen oder nicht ...

Auf meinem Weg zu dir

1973
Leben und Wandel

1. Kein „Auf Wiedersehen"

Ich stand am vermoderten Holzzaun und sah zu, wie das Haus meiner Eltern abgerissen wurde. Ich hatte damit gerechnet, dass es mir das Herz zerreißen würde, doch es war ein wunderschöner, feierlicher Moment. Es war ein Abschiednehmen von meinen Eltern und von einem Leben, das auch sie immer als zu hart empfunden hatten. Bald fühlte ich, dass die schönen Momente mit meinen Eltern und die unendliche Liebe meiner Mutter immer in meinem Herzen bleiben würden. Die Erinnerungen und besonders die Liebe zu ihnen waren losgelöst von diesem dunklen Haus, mehr Hütte als Haus.

Meine Geschwister waren nach Denver gekommen, um mir schonend beizubringen, dass sie das Haus respektive das Grundstück verkaufen wollten. Sie brachten viele Argumente vor: „So schnell kommt kein so gutes Angebot mehr wie von der

Supermarkt-Kette. Man darf dem Fortschritt nicht im Wege stehen. Das ist eine große Chance für das Quartier, nicht? Es werden Arbeitsplätze geschaffen, die nicht mehr so hart sind wie die unseres Vaters." Plus, das durfte auch nicht fehlen: „Auch für dich wird es Zeit, dein eigenes Leben in die Hände zu nehmen", und sie gaben offen zu, dass sie beide um das Geld sehr froh wären. Als ich endlich zu Wort kam, erschraken sie fast, als ich einfach mit „Ja – kein Problem" antwortete. Sie schauten mich an, schwiegen, warteten und lachten, als keine weiteren Einwände mehr kamen. Dieses „Ja" war mit einer Selbstverständlichkeit über meine Lippen gekommen. Ich musste nichts überdenken und keine Argumente abwägen. Es war für mich einfach klar, dass dieses Haus kein Leben für mich war, auch wenn ich die letzten Jahre allein mit meiner Mutter und meinem Vater darin gelebt hatte.

So stand ich also da am Zaun, dessen uraltes Holz ich unzählige Male gestrichen hatte und vor mir mein Vater unzählige Male, ließ die Schneeflocken mein Gesicht kitzeln und sah zu, wie unser Haus, unsere Hütte, unsere Bleibe, unsere Existenz in Bretterform abgebrochen wurde. Ich hatte mir nicht überlegt, wie ein billiges Gebäude entsorgt wird, darum musste ich fast lachen, vor allem über mich selbst, als nach zehn Minuten alles dem Erdboden gleichgemacht war und wenig später alles in den Mulden der Lastwagen verstaut war. Wow, hätte sich die schwere Last meiner Eltern auch so einfach plattmachen und einpacken lassen? Ich hatte oft davon geträumt, meinen Eltern ein schöneres Haus zu ermöglichen. Meine Mutter hatte immer die kleinen viktorianischen Backsteinhäuser in der Nachbarschaft bewundert. Diese hatten, im Gegensatz zu unserem Haus, ein solides Fundament oder gar einen Keller. Das Erdgeschoss war meistens sehr hoch mit großen Fenstern, die viel Licht ins Innere brachten und das Obergeschoss war voll bewohnbar. In unserem Obergeschoss war es an heißen Sommertagen, direkt unter dem Dach, nicht auszuhalten gewesen. Ich war jedoch zu jung, um diesen Traum in Angriff zu nehmen und die Zeit war am Ende zu kurz, respektive waren meine Eltern viel zu jung gestorben. Mein Bruder war vor wenigen Jahren mit seiner Familie in Richtung Osten vor die Stadt gezogen in ein sehr großes Haus. Er hatte Mutter nach dem Tod unseres Vaters gebeten, zu ihnen zu ziehen. Doch sie wollte dies nicht mehr. Es gab fast keine Hoffnung mehr auf Genesung und sie wollte keinen neuen Abschnitt in ihrem Leben beginnen. „Ich bleibe hier in unserem Haus und hoffe, dass ich den Abschluss von Roberts Ausbildung noch miterleben darf. Dann gehe ich zu Dad und lebe mit ihm ein hoffentlich unbeschwertes Leben. Ich freue mich darauf, auch wenn ich keine Ahnung habe, wie dieses Leben nach dem Tod aussehen wird!" So blieb ich mit Mutter in dem Haus und alle halfen mit, sie zu versorgen. Es war trotz allem eine zumindest harmonische Zeit. Sie beklagte sich nie, wenn ich am Abend oder am Wochenende wegblieb, und freute sich umso mehr, wenn ich da war.

Ich hatte das Gefühl, ich müsste noch etwas länger am Zaun stehen bleiben, dem Abschied zuliebe, so wie man nicht nach kurzer Zeit schon wieder von einem Grab weggeht. Darum hatte ich noch einige Minuten dagestanden und den Mitarbeitern des Contractors zugeschaut, bis ich das Gefühl hatte, dass jede Sekunde zur Minute wurde und ich für die Arbeiter zum Sonderling werden könnte, der noch in fünfzig Jahren hier stehen und über das Haus nachdenken würde. Es war Zeit zu gehen.

Mein Bruder hatte mir vor seiner Abreise noch geholfen, ein gutes Auto zu finden. Der zweitürige Impala war definitiv seine Wahl gewesen und ich tat mich zuerst schwer, ein derart unpraktisches Auto zu kaufen. Er hatte mir aber versichert, dass ich dieses jederzeit zu einem guten Preis wieder eintauschen könne, und es war ja tatsächlich so, dass ich meine ganze Habe in zwei Taschen verstauen konnte, plus zwei Kisten mit Dingen meiner Eltern. Nachdem ich den Impala zwei Wochen gefahren war, fand ich großen Gefallen an dem blauen Wagen, was auch an den vielen Komplimenten meiner Kollegen und ihrer Freundinnen gelegen hatte.

Da ich am Morgen bereits alles aus dem Zimmer bei meinem Kollegen Devon geräumt und im Kofferraum verstaut hatte, musste ich nur noch einsteigen und losfahren. Losfahren in ein neues Leben, von dem ich noch nicht wusste, wohin es mich führen sollte. Na ja, kurzfristig wusste ich dies doch. Ich war auf dem Weg zu meiner Tante Martha in Colorado Springs. Sie hatte mich bei der Beerdigung von Mom sehr eindringlich gebeten, bei ihr vorbeizukommen und auch bei ihr zu leben, so lange ich wollte. So plante ich, zuerst in Richtung Süden nach Colorado Springs zu fahren und von dort weiterzuziehen. Noch länger in Denver zu bleiben war keine Option. Es war lediglich ein Bauchgefühl, das mich wegzog. Ich hatte die Lieder von The Mamas and The Papas und Scott McKenzie in den Ohren und ich wollte auch Kalifornien kennenlernen, aber ich konnte mir nicht vorstellen, an der Westküste zu leben. Aber es ging ja genau darum, das zu entdecken, was ich mir nicht vorstellen konnte. Wie weit war ich bereit zu gehen? Würde ich an der Westküste auf einem Schiff anheuern und die Welt besegeln? Ich musste schmunzeln, ich war derart mit dem Boden und den Bergen verwurzelt, dass mir die Idee, auf dem Meer zu leben, wie eine Strafe vorkam. Nein, ehrlicherweise zog es mich nicht in fremde, exotische Länder und auch nicht nach Paris, London oder Rom und sicher nicht in einen Aschram nach Indien. Ich wusste nicht, was ich wollte. Aber weit musste man vermutlich nicht gehen, um Neues kennenzulernen, wenn man sein ganzes bisheriges Leben in Colorado verbracht hatte, eigentlich gar nur in Denver. Die letzten Jahre hatte ich mit meiner Mutter zusammengelebt und die Abende mit einer Handvoll Freunden verbracht. Ein großer Teil meines Weltbildes stammte direkt von meiner Mutter. Es war beeindruckend, wie viel Wissen sie mir vermittelt hatte und wie groß ihre Allgemeinbildung war. Erst in den letzten Monaten war mir dies bewusst geworden. Gerade in den Diskussionen mit meinen Freunden bei einem Bier hatte ich aber sehr oft gemerkt, dass meine Welt trotz allem größer war als ihre. Ich war mir bewusst, dass ich sehr wenig wusste und von dieser Welt nichts gesehen hatte. Ihnen fiel nie auf, wie klein ihr Brosamen an Wissen war. Dies hatte mich weder gestört noch hielt ich ihnen dies vor. Ich verbrachte gern Zeit mit meinen Freunden und wir hatten sehr viel Spaß und hatten gerade an dieser kleinen Welt sehr viel Freude.

Auf der Fahrt in Richtung Colorado Springs holte mich die Schwere meiner Eltern doch noch ein. Das Wetter war nicht sonderlich gut und die Gegend war in ein schmutziges Weiß gehüllt, das die Gefühle und Gedanken nicht sehr in Richtung

Sonne und Neues lenkte. So blieb ich in Gedanken in der Vergangenheit hängen. Es gab sehr schöne Momente in unserer Familie, in denen nicht Probleme mit Geld, Gesundheit und Leere im Vordergrund standen. Ich konnte mich gut erinnern, wie meine Mutter an einem langen Wochenende den Picknickkorb in unser Auto lud und wir in Richtung Colorado Springs fuhren. Dort, ganz in der Nähe, trafen wir Tante Martha und ihren Mann in einem Park namens „Garden of the Gods" zum Picknick. Es war ein wunderschöner Frühlingstag und rote Felsformationen leuchteten in hellgrüner Natur. Wir waren alle sieben so glücklich! Waren wir uns damals überhaupt bewusst, wie glücklich wir waren? Manchmal erscheint einem das Glück im Nachhinein fassbarer und vor allem messbarer als im Augenblick.

Kurz vor Colorado Springs bog ich nach Westen ab und stand nach wenigen Minuten vor dem Schild „Garden of the Gods". Ich wollte dies gar nicht, denn es war von vornherein klar, dass ich hier nichts von dem vergangenen Glück finden würde. Es würde mich deprimieren, dass ich niemanden kannte und niemand wusste, dass unsere Familie hier einen der glücklichsten Momente ihres Seins erlebt hatte. Vielleicht würde ich später nochmals mit Tante Martha hierhin zurückkehren und mit ihr gemeinsam über den längst vergangenen Ausflug reden.

Ich parkte dennoch, ohne zu überlegen, meinen Wagen zwischen zwei roten Felsen, die in weißen Schnee gehüllt waren, und schritt in Richtung eines kleinen Pfades. Nach einem kurzen Spaziergang stand ich auf einer Anhöhe und hatte das volle Panorama von Landschaft, Schnee und roten Felsen vor mir. Ein paar wenige Vögel zwitscherten und es wurde heller. Es sah wunderschön aus. Nirgends war jemand oder etwas Störendes zu hören oder zu sehen. Vergessen waren sogar das Picknick, meine Familie, Tante Martha und alles. Nur noch ich und etwas Wunderschönes.

So hatten sich also die Menschen den Garten vorgestellt, in dem sich Gott niederlassen würde, oder so, wie Gott seinen Garten gestalten würde? Ich musste schmunzeln – wenn schon, dann hätte ich mir eher den Garten des Santa Claus so vorgestellt. Um die Felsformationen würden die Rentiere einen Übungsparcours absolvieren durch den Sommer, um im Winter fit zu sein. Wer wusste, was Gott wollte oder wie er seinen Garten gestalten würde? Ist nicht das ganze Universum sein Garten?

Für mich war Gott auf sehr persönliche Weise nahe und zutiefst beeindruckend, gerade weil ich ihn nicht fassen konnte. Gott war für mich alles, was ich kannte, und alles, was ich nicht kannte über das Ende des Universums und der Zeit hinaus. Ich wusste nicht, ob Gott allmächtig war, aber Gott war alles erschaffend und alles zerstörend. Nichts hielt dem Wandel stand, weder eine Mücke noch Berge, noch Meere, noch unsere Erde und auch nicht meine Eltern. Alles wandelte sich in eine Richtung, die ich nicht kannte. „He is the God of nothing, if that's all that you can see – He is the God of everything, he is inside you and me." Diese Strophe eines Jethro-Tull-Songs begleitete mich viel in den letzten Wochen und Monaten. Sie besagte das Gleiche. Gott wäre nichts, wenn er nur daraus bestünde, was wir sehen und was wir in menschliche Gedanken fassen können. Mein Gott war aber unendlich groß, jenseits jeglicher Raum- und Zeitvorstellung.

Für mich war dies hier nicht ein so schöner Ort, dass es der Garten von Gott hätte sein können, sondern Gott selber, wie alles andere auch. Für mich waren auch meine Eltern ein Teil von Gott, sowohl als sie noch lebten wie nun auch nach ihrem Tod. Ich fühlte mich ihnen nahe im Sonnenschein, der durch die Wolken brach, in der kühlen, frischen Luft, die ich einatmete oder in den Vögeln, die sich still von den Ästen erhoben. In meinem Bild gab es keinen Himmel über uns und keine Hölle unter uns, sondern alles war eins.

Bevor ich mich auf den Weg zum Auto zurückmachte, nahm ich mir vor, mich in Zukunft noch mehr anzustrengen. Noch mehr zum Guten dieser Welt beizutragen und auch das Böse und Schlechte nicht zu tolerieren.

Ich war in den letzten Monaten nicht gewachsen, seit wir uns bei der Beerdigung zum letzten Mal gesehen hatten, aber Martha bestand darauf, was wir beide mit viel Lachen und Umarmen diskutierten. Ich war noch nicht aus dem Auto gestiegen, stand sie mit einem strahlenden Gesicht und schön frisiertem, grauem Haar in der Tür unter dem Vordach. Sie streckte mir die Hände entgegen, während ich die wenigen Tritte zu ihr hochging.

Das Haus war viel kleiner, als ich es in Erinnerung hatte, aber alles war perfekt gereinigt und alle Wände und Decken waren in makellosem Weiß gestrichen, daher strahlte das Haus sogar bei Regen und bedecktem Himmel etwas Helles und Warmes aus. Obwohl ich seit Jahren nicht mehr da war, fühlte ich mich sofort wohl. Es gab einen herrlichen Braten zum Abendessen und nach einem gemeinsamen Glas Wein war ich in meinem Zimmer glücklich eingeschlafen mit der Frage, was die Zukunft wohl bringen mochte.

Die folgenden zwei Wochen schnitt ich im großen Garten von Martha Bäume zurecht, stutzte Büsche, richtete Zäune und dichtete das Dach des Gartenhauses ab. Ich konnte sehen, dass in den letzten Jahren starke Arme gefehlt hatten. Martha wollte mich für die Arbeiten bezahlen, aber natürlich war ich mit Kost und Logis mehr als zufrieden. Während ich bei der Arbeit gut meinen Gedanken nachhängen konnte, waren die Abende oft ausgefüllt mit Nachbarn, die zu Besuch kamen. Diese entwickelten sich für mich zu einem lockeren Freundeskreis und wir hatten eine schöne, unbeschwerte Zeit zusammen. Die neuen Kollegen und Kolleginnen in meinem Alter zeigten mir die Stadt, die Bars, die Restaurants oder Kinos. Sie betrieben viel Werbung, wie gut es sich in Colorado Springs leben ließe. Dabei wuchs mir vor allem Bill sehr ans Herz. Er war etwa in meinem Alter und wohnte wenige Häuser die Straße runter. Er hatte hin und wieder für Martha Reparaturen vorgenommen, war aber mehr als glücklich, dass ich ihm nun diese Arbeit abnahm. Er war gerade am Abschluss einer mehrmonatigen Weiterbildung, die ihm sein Arbeitgeber ermöglicht hatte. Er musste diese allerdings neben seiner Arbeit bewerkstelligen und war daher mehr als ausgelastet. Er erzählte mir von riesigen Rechnern, die so viel leisteten, wie tausende Ingenieure zusammen. Ich machte Witze, dass er sich ja bei der NASA bewerben könne. So wie er mich darauf ansah, wäre dies wohl nicht abwegig gewesen. Kurz, ich verstand keinen Deut von seinem Metier, daher konzentrierten wir uns auf die Biere, das Billardspiel oder das Reparieren von Dingen und redeten über das Leben und die Welt. Da er einen Pick-up hatte, fuhren wir oft gemeinsam zum

Baumarkt und hatten einfach einen guten Draht zueinander gefunden.

Die nachfolgenden Wochen dehnte ich meine Arbeiten auf die Nachbargärten aus und verdiente dabei auch das eine oder andere. Auch über Jobangebote konnte ich mich nicht beklagen, worüber ich mich auch etwas stolz fühlte und großen Dank empfand. Ich konnte mich also auch in eine andere Gesellschaft einleben und vertraute Menschen finden, von denen ich geschätzt wurde. Dies war nicht selbstverständlich. Nach wenigen Wochen hatte ich bereits das Gefühl, ein Teil der Stadt und ihrer Bewohner zu sein. Meine Absicht war jedoch nie, meine Wurzeln zwei Stunden südlich von Denver wieder wachsen zulassen – zumindest nicht, bevor ich mehr gesehen hatte; mehr von unserem wundervollen Land und mehr ganz einfach vom Leben. Seit ich Denver verlassen hatte, auch wenn ich noch nicht weit gekommen war, spürte ich wieder eine Liebe zu diesem Land, die ich seit Jahren nicht mehr wahrgenommen hatte. Es war eine Liebe oder vielmehr ein tiefes Gefühl von Verbundenheit, das alle aktuellen Probleme verblassen ließ. Nach all den Kriegen, den Morden an den Kennedys und Martin Luther King, nach Nixon und aller Korruption, nach all den für immer verlorenen Arbeitsplätzen hatte ich jeglichen Bezug zu Amerika verloren. In den letzten Tagen schien mir dies alles nebensächlich und das Land, die Geschichte, unsere Vorfahren strahlten auf mich eine Ruhe und Stärke aus, die ich so von den USA noch gar nicht kannte. Mir schienen all das Gezanke der Politiker und unsere kleinen Sorgen des Lebens so klein, eine so kurze Phase im Leben dieses Kontinents zu sein, dass auch meine letzten Sorgen dabei verblassten.

Bei einem gemeinsamen Abendessen deutete ich gegenüber Bill und Martha an, dass es für mich Zeit war, weiterzuziehen. Martha ließ die Gabel fallen und meinte: „Ich habe gewusst, dass du weiterziehen wirst. Du warst sogar länger da, als ich am Anfang zu hoffen gewagt hatte. Aber nun, da der Abschied kommt, wird er mir umso schwerer fallen. Ich weiß, es ist egoistisch, aber ich hoffe sehr, dass du am Ende deiner Reise nach Colorado Springs zurückfinden wirst." Bill zog die Augenbrauen hoch und aß weiter. Als Martha schwieg, sagte er lediglich „Dito" und nahm einen weiteren Bissen Kartoffeln in den Mund. „Weißt du denn inzwischen, wo dich deine Reise hinführen soll?", fragte Martha. „Sicherlich gegen Westen, mehr habe ich mir bewusst noch nicht überlegt. Ich will Orte entdecken, nicht sie suchen."

2. Der Indianer in mir

Ich fuhr in Richtung Süden, ohne mir groß Gedanken zu machen, wie weit ich kommen oder wohin mich die nächsten Monate bringen würden. Ich wusste, dass es in der Nähe ein National Monument namens „Great Sand Dunes" geben sollte, welches mir Martha empfohlen hatte. Es war gut, mit einem kleinen Ziel vor Augen loszufahren, wenn ich mir auch bewusst war, dass dahinter die große Ungewissheit auf mich wartete. Ich hatte es nicht als Abenteuer empfunden und war auch überraschend wenig unternehmungslustig unterwegs. Wenn man einen Lebensabschnitt abbrach, ohne den neuen zu kennen, löste dies bei jemandem wie mir durchaus auch ein mulmiges Gefühl aus. Ich war jedoch zu jedem Zeitpunkt überzeugt, dass es die richtige Entscheidung gewesen war.

An unseren vielen gemeinsamen Abenden mit Martha hatte ich gemerkt, dass sie und ihr Mann nie Zweifel hatten, ob sie am richtigen Ort waren oder ob es einen besseren Ort für sie gegeben oder ob ein besseres Leben irgendwo auf sie gewartet hätte. Die beiden waren immer sehr glücklich mit ihrem gemeinsamen Leben in Colorado Springs. Ich konnte mir vorstellen, dass die neu gewonnene Freiheit unsere Generation nicht glücklicher machen würde. War es eine neu gewonnene Freiheit? Immerhin waren in der Vergangenheit hunderttausende Menschen vor mir in Richtung Westen aufgebrochen. Manche aus Abenteuerlust, andere einfach um eine bessere Existenz zu finden. Die Reise war heute viel angenehmer, das Risiko viel niedriger und die Aussicht viel sicherer. Für Frauen war die Freiheit ungleich größer geworden nach deren Unterdrückung die ganze Geschichte hindurch. Bill war dennoch sehr beeindruckt, wie selbstverständlich ich das Bisherige in Frage stellte und mich auf Neues freute. Ich war gespannt, ob auch er seine Reise antreten würde. Ich hatte sehr stark das Gefühl, dass er wie ich auf der Suche war nach etwas, das er noch gar nicht benennen konnte.

Nach etlichen Hinweisschildern tauchten am Horizont tatsächlich Sanddünen auf, die aussahen, als ob ein gigantischer Hubschrauber sie aus Versehen verloren hätte. Je näher ich kam, umso unwirklicher sahen sie aus. Der Ort war wunderschön mit Bäumen, Wasser, Sand und Bergen. Ich musste mir immer wieder sagen, dass dies kein Filmset war, sondern ein Naturphänomen. Es war zwar bereits später Nachmittag, aber ich wollte losmarschieren, um den Ort besser fassen zu können. Nach etlichen Umwegen war ich nach einer knappen Stunde auf einer Dünenspitze angelangt und setzte mich in den kalten Sand. Wirklich realer wirkte die Szenerie noch immer nicht, aber es wurde langsam Abend und die Stimmung mit den Wolken war wunderschön.

Ich schaute über die Dünen und überlegte, wie lange diese bereits hier waren, woher der Sand gekommen sein mochte und ob dieser je wieder weggetragen würde. Auch wenn keine Dünen mehr hier sein würden, die Sandkörner würden woanders weiterbestehen. Sie würden sich vereinen mit dem Meeresgrund, als Baustein eines Hauses dienen oder an meinen Schuhen im Auto tausende Kilometer durchs Land getragen werden. War ein einzelnes Sandkorn vergänglich? Vielleicht war dies ja auch symbolisch für unser Leben. Vielleicht würden auch wir neue Formen annehmen, um am Ende unseres Universums zu etwas ganz Neuem zu verschmelzen am Rande der Unendlichkeit.

Kurz nach Sonnenuntergang sprach mich ein Parkranger von hinten recht unfreundlich darauf an, dass der Aufenthalt im Park am Abend verboten sei und dass ich mich bitte unverzüglich zum Ausgang begeben und das Monument verlassen solle. Ziemlich aufgeschreckt und offensichtlich aus den Gedanken gerissen entschuldigte ich mich stammelnd und erklärte, dass ich mich wohl zu sehr in meinen Gedanken verloren hatte, und begann, meine wenigen Sachen zusammenzupacken.

Er spazierte mit mir die Dünen runter, einerseits wohl, um mich definitiv nach draußen zu begleiten, andererseits war er vielleicht auch einfach froh, jemanden zu treffen. Die Gegend lag am Abend, so früh im Jahr, wie ausgestorben da.

„Ich war so sehr in meine Gedanken vertieft, dass ich alles um mich herum vergessen habe." „Kein Problem, worüber hast du denn nachgedacht? Ich bin übrigens John." Nachdem auch ich mich vorgestellt hatte, erklärte ich ihm, dass ich gerade im Begriff war, mir zu erklären, was Unendlichkeit war und bedeutete. Er quittierte dies mit einem Lachen, aber ernsten Augen. Er war beeindruckt von meinem einfachen Vergleich zu den Sandkörnern, die verschiedene Formen bilden konnten.

John hatte ebenfalls gute, einleuchtende Erklärungen und Ansichten und er konnte mit mehr Enthusiasmus erzählen, als es je einer meiner Lehrer vermochte. Vorstellen würde ich mir die Unendlichkeit aber wohl nie können. „Es ist möglich, dass unser Universum bereits unendlich oft existiert hat und jedes Mal wieder nach Milliarden von Jahren in sich zusammengefallen ist in einem riesigen Urknall, um wieder ganz von vorne zu beginnen. Was uns unendlich lange scheint, ist in Wahrheit vielleicht nur ein kurzes Ausdehnen und Zusammenziehen in einem wahrlich unendlichen Prozess. Was außerhalb dieses Phänomens liegt, entzieht sich unserer Kenntnis, vermutlich für immer. Was uns unvorstellbar groß und unvorstellbar alt scheint, ist in Wirklichkeit klein und ein kurzer Moment in der Ewigkeit." „Und was, glaubst du, passiert nach unserem Tod?" „Wir haben den Trost, dass wir in mehrfacher Hinsicht weiterleben. Erstens wird die Energie unseres Körpers frei und kehrt dahin zurück, woher sie gekommen ist, oder zieht weiter zu etwas Neuem. Zudem leben wir in unserer Umgebung weiter – ob positiv oder negativ. Wir leben in den Herzen unserer Mitmenschen, der Haustiere, Nutztiere und schlussendlich unserer gesamten Umwelt weiter. Unsere Umwelt ist wie ein Spiegel oder ein schwaches Abbild von uns." „Ja, dies scheint auch mir ein großer Teil des ewigen Lebens zu sein: das Weiterleuchten in unserer Umwelt. Wie viele Generationen mag ich positiv oder negativ beeinflussen?" „Ja genau, es ist wie die Schmetterlingstheorie. Der Flügelschlag eines Schmetterlings in Brasilien mag in Texas einen Tornado verursachen. Wir haben oft keine

Ahnung, was wir in der Zukunft anrichten, weder zum Guten noch zum Schlechten. Last, but not least steht die Frage nach der Seele, dem Stück Gott oder ewiges Leben in uns. Da wir Gott nicht verstehen, können wir die Seele nicht verstehen. Ich gebe mich mit den vorherigen Gedanken zufrieden und hoffe doch sehr auf die Seele", sagte John mit einem hoffnungsvollen Lachen.

John erzählte mir von seiner Familie in Colorado und war erstaunt darüber, dass ich keinen Plan hatte, wohin des Weges ich gehen wollte. Ich versicherte ihm, dass ich nicht für Drogen in Richtung Westen weiterreisen, sondern einfach das wunderschöne Land und die Menschen kennenlernen wolle. Darauf lud er mich auf ein Bier in die nächste Ortschaft ein. Er hatte, wie ich, zuerst für einen Holzbetrieb gearbeitet, bevor er sich als Park- oder Monument-Wächter beworben hatte und später auch die entsprechende Ausbildung absolvieren durfte. Ich bewunderte ihn sehr dafür, wie zufrieden er mit seiner Wahl war. Er trat mit sehr viel Überzeugung dafür ein, dass Gebiete unseres Landes für kommende Generationen geschützt werden, damit nicht alles abgeholzt und verbaut würde. „Und doch habe ich auch noch Träume für meine Zukunft! Ich möchte in einem der Parks arbeiten, die in der Nähe der wenigen Indianerreservate liegen, die es in Nordamerika noch gibt. Vielleicht irgendwo in Dakota, Wyoming oder Idaho. Wir haben bereits so viel dieser erhabenen, naturverbundenen Kultur verloren. Dabei hätten wir so viel von ihnen lernen können. Ich denke, heute sogar noch mehr als damals." So kamen wir beide ins Schwärmen über die Bücher unserer Kindheit und Jugend und die wenigen Filme, in denen Indianer noch stolz sein durften in einer weiten, fast unberührten Prärie. Da ich noch keine Unterkunft hatte, ließ mich John in einem der Zimmer schlafen in seiner sehr kargen, aber warmen Unterkunft. So früh im Jahr war außer ihm niemand da.

Vor dem Einschlafen dachte ich nochmals über die Indianer nach. Wieso waren sie mir als Kind und auch immer noch als Jugendlicher so wichtig? Zuerst war es nur ein Spiel, das Schlüpfen in eine andere Rolle. Am Anfang war es einfach wie das Nachspielen eines abenteuerlichen Märchens von Gut und Böse. Ich weiß noch, wie erstaunt ich war, dass es auch Kinder gab, welche die Indianer als die Bösen sahen und die Cowboys als die Guten. Dies war wohl mein erstes Dilemma zu „Gut und Böse". Es ließ mich jahrelang nicht mehr los und ich las fast jedes Buch über Indianer, Trapper, Siedler, Cowboys und Kriege, das ich finden konnte. Mein Zimmer war damals tapeziert mit Abdrucken von Indianerzeichnungen Bodmers und Zitaten der großen Häuptlinge. Viele dieser Zitate gaben Werte und Weisheiten wieder, die ich in anderen Worten, auch von meinen Eltern auf den Weg erhielt. Es war aber interessanter, die

Worte von den Indianern anzunehmen wie „Kämpfe nicht, wenn es nicht sein muss, aber wenn du kämpfen musst, dann kämpfe mit vollem Einsatz und gewinne" oder „Urteile nicht darüber, ob etwas gut oder schlecht ist, ohne dein Herz befragt zu haben" und viele mehr wie „Der Friede stellt sich niemals überraschend ein. Er fällt nicht vom Himmel wie der Regen. Er kommt zu denen, die ihn vorbereiten." Jedenfalls hoffte ich, dass ich immer wieder auf meinen Indianer in mir vertrauen konnte und wollte ihn auch in Zukunft achten und ihm genügend Platz einräumen.

Am Morgen war John bereits weg und auf dem Tisch lag eine Karte. Auf der Vorderseite war eine Bergkette abgebildet mit wunderschön orangen Aspen im Vordergrund. Auf der Rückseite hatte er mir eine gute Weiterreise gewünscht und geschrieben, ich solle die Indianer von ihm grüßen, sollte ich welche finden, und ein Zitat von John Muir.

„Climb into the mountains and get their good tidings. Nature's peace will flow into you as sunshine into trees. The winds will blow their own freshness into you, and storms their energy, and cares will drop off like autumn leaves."

„Gehe in die Berge und erhalte ihre Botschaft. Der Friede der Natur wird in dich fließen wie Sonnenstrahlen in die Bäume. Die Winde werden dich erfrischen und die Stürme dir ihre Energie schenken und alle Sorgen werden von dir abfallen wie das Herbstlaub von den Bäumen." Obwohl ich mir dessen schon lange bewusst war und immer wieder aus genau diesen Gründen die Natur und die Berge suchte, berührten mich diese schönen Worte sehr. Ich schätzte sie auch umso mehr, als sie von John kamen. Ich fand, er strahlte jedes einzelne dieser Wörter mit seiner ganzen Art aus und motivierte mich, es ihm gleichzutun.

34

3. Das hätte in die Hosen gehen können!

In den folgenden Tagen fuhr ich den Rio Grande entlang bis Durango und über den Molas Pass nach Silverton. Ich ließ mir sehr viel Zeit und unternahm an verschiedenen Orten ausgedehnte Wanderungen im San Juan National Forest. Ich dachte bei den Wanderungen immer wieder an die schönen Worte von John Muir und auch an John. So schön es war, mit der Natur eins zu werden, so spürte ich doch auch langsam, dass mir vor Einsamkeit die Decke auf den Kopf zu fallen begann. Ich hatte seit Tagen mit niemandem mehr geredet, abgesehen von einem kurzen Austausch mit dem Tankstellenangestellten oder einem Kellner. Bei Minusgraden zeltete ich am Electra Lake. Ich saß an meinem kleinen Feuer vor dem Zelt, wartete, bis ich die Suppe essen konnte und beobachtete die Schneeflocken, wie sie aus dem Nichts kamen, im Feuerschein orangerot aufleuchteten und kurz darauf verdampft waren. Es war Zeit, am nächsten Tag weiterzuziehen. Ich vermisste Martha, Bill und John. Ich war auf meiner Strecke nach Westen noch nicht sehr weit gekommen, aber fragte mich bereits, ob mir dieses Muster nicht sehr bald missfallen würde. Alleine sein, jemanden kennen und schätzen lernen, Abschied nehmen, um wieder alleine zu sein, um irgendwann wieder jemand anderes zu treffen. Im Moment schien es mir fast wie eine wichtige Lehre oder Prüfung.

Je näher ich am nächsten Morgen dem Molas Pass kam, umso dunkler wurden die Wolken und in Richtung Silverton schüttete es eiskalt vom Himmel, wie dies wohl nur in den Bergen möglich war. Der Regen traf auf eine kalte, noch nicht erwachte Landschaft und auf letzte Flecken von Schnee. Entsprechend düster präsentierte sich das Städtchen Silverton, das da lag wie eine tote Kulisse – verlassen von dem Leben, das noch bis vor wenigen Jahrzehnten floriert hatte. Hier gewannen damals die einen an einem Tag das Auskommen für ein ganzes Leben, andere schufteten ein ganzes Leben, ohne je den erhofften Goldbrocken zu finden. Meist wurde wohl der kleine Gewinn in Whisky und Prostituierte investiert. Oder war das nur ein Klischee? Touristen waren weit und breit noch keine zu sehen zu dieser Jahreszeit. Die Häuser schienen grundsätzlich vernachlässigt, waren aber auch noch nicht für die Touristen zurechtgemacht worden. Wenn mein Elternhaus bedrückend war, so war es hier die ganze Stadt. So wie ich aber dennoch eine wunderschöne Kindheit hatte, war ich überzeugt, dass die wenigen Menschen auch hier einen schönen Zusammenhalt haben konnten, und es war ein riesiger Spielplatz mit unendlich vielen Entdeckungsmöglichkeiten. Da es meine erste Stadt im Goldgräbergebiet war, beschloss ich trotz der Stimmung – oder vielleicht doch gerade deswegen – eine Nacht zu bleiben und am nächsten Tag die Gegend etwas zu erkunden. Mit etwas Umherfragen konnte ich ein Zimmer finden in einer Unterkunft, die eigentlich noch nicht offen war und am Abend gab es ein sehr feines Essen und ein Bier in einer Bar, die erstaunlich voll war. Ich musste beim Betreten versuchen, mein Grinsen auf dem Gesicht wegzukriegen, was mir wohl nicht ganz gelang. Ich war nicht im falschen Film, aber es war definitiv Kino. Dank jahrzehntelanger Vernachlässigung sah die Bar aus wie die Kulisse eines Westernfilms. Zwischen Eingang und Bartresen waren alle Tische voll besetzt mit Männern, die sich recht laut unterhielten. Die Bartheke dahinter konnte man im dicken Rauch als Umrisse in dem spärlichen Licht mehr erahnen als erkennen. Ich trat ein und blieb einen Moment lang stehen, um mich zu orientieren, zu schauen, wo ich mich hinsetzen sollte, nahm die Szenerie auf und hatte mich nach zirka zwei Sekunden entschlossen, erst mal an die Bar zu gehen und das Weitere abzuwarten. Da hatten sich aber bereits sämtliche Köpfe zu mir umgedreht und sämtliche Gespräche waren verstummt. In einem Western wäre jetzt ein Schuss gefallen. Ich hob die Hand und grüßte in die Runde und trat meinen Weg in Richtung Bar an, wobei alle meinen Gruß erwiderten. Aus den ernsten Gesichtszügen war teilweise gar ein freundliches Lächeln zu erkennen. Darauf nahmen alle ihre Gespräche wieder auf. Ich trank mein Bier an der Bar und fand nicht wirklich Anschluss. Dies war kein Problem, ich hätte dieser Szenerie stundenlang zuschauen und den Diskussionen folgen können. Ich wollte dies nicht zu offensichtlich tun; so setzte ich mich an die Ecke der Bar mit Blick ins Leere und versuchte so zu wirken, als würde ich einfach gedankenverloren mein Bier und meinen Burger genießen. Die Männer waren anscheinend von verschiedenen Unternehmen im Auftrag einer Minengesellschaft, der Regierung oder des Countys mit Aufträgen hier oben. Vor allem erfuhr ich dabei, dass die Goldgewinnung noch nicht vorüber war in Silverton, sondern eine bis zwei Minen noch immer recht große Mengen an Gold gewannen und zurzeit sogar wieder Ausbauarbeiten geplant waren.

Am nächsten Morgen erkundete ich die verlassenen Goldgräberorte um Silverton, wobei mein Wagen sehr schnell an seine Grenzen kam und ich zu Fuß weitermarschieren musste. Die Straßen waren nur so weit instand gesetzt zu dieser Jahreszeit, als es für die Arbeiten der Männer nötig war. Dennoch konnte ich zwei kleine Orte besuchen. Ich war erstaunt, dass es Reste von ganzen Mühlen und Wohnhäusern gab – Häuser, nicht Hütten. Es schien, als hätte sich der eine oder andere darauf eingerichtet, dass der Goldrausch ewig weitergehen würde. Oder die Bewohner wollten einfach für die kurze Zeit angenehm wohnen und das Geld schien vorhanden gewesen zu sein. Auch wenn alles verlassen war und die Naturkräfte den Installationen, Wagen, Schächten und Hütten arg zugesetzt hatten, sah vieles so aus, als wären die Männer und anscheinend auch Frauen und Familien gerade erst überstürzt abgereist. Ich war in einem Haus, da stand noch der Kochtopf mit der Kelle auf dem Herd. Wären die Fensterscheiben nicht zerborsten gewesen, ich hätte mich umgeschaut, ob hier tatsächlich noch jemand wohnt.

Gerade als ich am späten Nachmittag aus der Stadt fuhr und auf den Million Dollar Highway einbog, rissen die dunklen Wolken auf und der erste Sonnenschein seit Tagen berührte die Häuser der Hauptstraße. Es sah aus, wie wenn sich im nächsten Augenblick die ganze Stadt in Richtung Himmel aufmachen würde. Schon wieder Kino! Wie könnte man das nennen? Die Erlösung?

Auf der Weiterfahrt kam das Titellied zu „Jeremiah Johnson" im Radio, was mir für die Gegend sehr passend schien. Ich weiß nicht, wo der Film gedreht wurde, aber der San Juan Forest wäre perfekt gewesen dafür. Der Film hatte mich sehr berührt auf eine schwer zu beschreibende Weise. War es einfach, weil ich Winterwestern liebte oder monumentale Filme? War es das, was ich auf meiner Reise suchte, etwas Monumentales, Episches, etwas, das mein Leben die höchsten Gefühle unseres Daseins reflektieren ließ? Ich musste schmunzeln, das war doch etwas hoch gegriffen. Auf der Weiterfahrt an den weißen, leblosen Aspen vorbei mit dem Hintergrund aus dunklen Wolken spürte ich sehr das Bedürfnis nach einem gemütlichen Kamin mit hellem, wärmendem Feuer. Dies konnte mir in der nächsten Ortschaft Ouray auch niemand bieten, doch dafür gab es ein herrliches Abendmahl. Vor dem Einschlafen dachte ich wieder über die Indianer und Jeremiah Johnson nach. Hätte die amerikanische Geschichte mit den Indianern auch anders ausgehen können? Die Europäer waren ja in erster Linie auf der Suche nach neuen Handelsrouten gewesen. Nachdem sie auf Gold gestoßen waren, unermesslich viel Gold in Mittel- und Südamerika, ging alles nur noch darum. Doch für die Ureinwohner der USA war das Bevölkerungswachstum in Europa und an der Ostküste viel schlimmer. Über Gold,

Durchgangsrechte und Felle hätte man ja diskutieren können. Die Menschen suchten jedoch neues Siedlungsgebiet, welches sie sich mit ihrer technischen Überlegenheit auch problemlos nehmen konnten. Ich ging nicht davon aus, dass dies in Zukunft je anders sein würde. Das war bei den Pflanzen so, bei den Tieren so, beim Menschen so und sollte es tatsächlich außerirdisches Leben geben, würde es ganz sicher auch so sein. Wieso sollte eine Spezies Lichtjahre reisen, um zur Erde zu kommen, wenn nicht, um einen bewohnbaren Planeten zu suchen? Um Bären zu streicheln? Ich denke nicht. Jedenfalls war das Ende dieser Geschichte wohl leider von Anfang an klar gewesen, egal was alles in den Büchern meiner Kindheit stand, egal wie viele Schicksale der Kampf auf beiden Seiten berührt hatte, egal wie viele Verständigungs- und Lösungsversuche es von guten Menschen gegeben hatte.

Zwei Tage später erreichte ich Telluride, welches ich mir in etwa vorgestellt hatte wie Silverton. Umso erstaunter und erfreuter war ich über den wunderschönen Ort. Die Stadt war in warmes Sonnenlicht getaucht. Die Häuser schienen alle sehr authentisch, einem Bergstädtchen entsprechend, aber sehr gut unterhalten und gepflegt. Hinter diesem idyllischen Ort stieg eine hohe, dunkle, bewaldete Bergflanke empor. Aus den Bäumen im Schatten stiegen helle Nebelschwaden in Richtung Licht. So stellte ich mir einen sagenumwobenen Ort mit Geistern und Feen vor. Ich würde sicherlich etwas länger hier verweilen und suchte mir eine Unterkunft, die ich zu einem guten Preis an einer der hinteren Straßen fand. Der Empfang im Hotel war sehr herzlich und die Eigentümerin gab mir viele Tipps, was es in und um Telluride alles zu sehen gab. So stellte ich meine Sachen ins Zimmer und verließ das Hotel bereits wieder für einen Entdeckungsspaziergang. Das Städtchen hatte vieles seines Ursprungs erhalten und ich konnte mir gut vorstellen, wie die Goldgräber sich hier mit Waren versorgten, im Saloon aßen, tranken und spielten und den Gewinn in den oberen Geschossen wieder loswurden. Es gab aber etliche neue, herausgeputzte Geschäfte, Boutiquen und Lokale, die zeigten, dass in Telluride viele Menschen ganzjährig lebten. Ich sah in den Straßen und unterwegs auch viele junge Leute in meinem Alter und Familien mit Kindern.

Nach der langen Fahrt und meinem Spaziergang durch die Stadt war ich gegen Abend leicht müde und durstig, so schlenderte ich in ein größeres Restaurant und bestellte mir ein Bier. Das Restaurant war sehr gemütlich mit viel Holz eingerichtet, welches vor sehr vielen Jahren sehr aufwendig und teuer verarbeitet worden war. Man konnte aber leicht erkennen, dass das Restaurant über Dutzende von Jahren wohl nicht nur gute Zeiten gesehen hatte und die Holzpflege und der Unterhalt sicherlich nicht die erste Priorität gewesen waren. Dem Mobiliar war es ähnlich ergangen, aber alles machte einen sehr sauberen und gepflegten Eindruck. Die Beleuchtung war nicht wirklich ausreichend und instinktiv begann ich mich umzusehen, ob Lampen defekt waren, fehlten oder einfach sehr schwache Birnen verwendet wurden, als hinten von den Billardtischen Lärm zu vernehmen war. Dieser stellte sich schnell als Streit zwischen zwei Billardspielern und einem betrunkenen Gast heraus. Erst jetzt erinnerte ich mich, dass dieser vor wenigen Minuten sich mit einer Hand auf meinem Tisch abstützen musste, um beim Vorwärtskommen nicht das Gleichgewicht zu verlieren. Ich war davon ausgegangen, dass er die Toilette aufsuchen wollte, und hatte keine weiteren Gedanken mehr daran verschwendet. Aus den Wortfetzen, die bis zu mir kamen, und dem Zustand des Typen reimte ich mir zusammen, dass der Betrunkene das Spiel der beiden gestört hatte und allenfalls die Kugeln auf dem Tisch verschoben hatte. Ich hatte mich bereits erhoben, als die Stimmen eine Eskalation ankündigten und einer der Spieler seinen Billardqueue dem Betrunkenen auf den Rücken schlug. Vor einem zweiten Schlag konnte ich den Queue halten und bat ihn darum, Ruhe zu bewahren, und erklärte ihm ruhig, dass es nichts brächte, einen Betrunkenen zu schlagen. Dieser könne sich am nächsten Morgen nicht einmal mehr erinnern, woher die Schmerzen kämen. Er trat mir gerade erbost entgegen, während ich den Queue wieder losließ und ihm auf die Schultern klopfte und mich bedankte. Mit einem „Na gut" trat er wieder einen Schritt zurück und schaute seinen Kollegen an, für den die Sache auch erledigt schien. Der Betrunkene bedankte sich bei mir und begann sich zu beklagen, dass ihm der Rücken schmerzte und die Billardspieler Idioten seien. Ich nahm ihn am Arm und begleitete ihn nicht gewaltsam, aber mit Nachdruck vor die Tür. Ich setzte mich wieder an meinen Tisch, wo inzwischen mein Bier stand, und überlegte, ob die Situation auch anders hätte verlaufen können und ob mir jemand zu Hilfe gekommen wäre, wenn die beiden auf mich eingeschlagen hätten. „Das war sehr mutig und engagiert von dir!" Völlig aus meinen Gedanken gerissen, fuhr ich leicht zusammen und schaute dann auf. Beleuchtet von der Lampe über dem Tisch sah ich das schönste Gesicht, das ich je erblickt hatte. Sie hatte gleichmäßige, aber markante Züge, unendlich viele Sommersprossen, ein wundervolles Lächeln auf dem Mund, dunkelrote Haare und vor allem leuchtende dunkelgrüne Augen, so tief, wie wenn sie einen ganzen Ozean enthielten. Ich starrte sie noch immer an, als ich merkte, dass sich mein Mund auch zu einem Lachen weitete und mein Hirn wenigstens den tiefsinnigen Satz hervorbrachte: „Ja, das hätte vielleicht in die Hosen gehen können!" Wir lachten beide und mit einem kurzen Gespräch über meine letzten Tage fasste ich langsam wieder Boden unter meinen Füßen. Ich konnte meinen Blick kaum von ihr wenden und in meiner Brust fühlte ich einen Schmerz. Wir stellten uns einander vor und sie kam noch ein paar Mal an meinen Tisch. Lara war eine der Kellnerinnen. Ich aß, was ich bestellt hatte, doch meine Gedanken drehten sich nur um Lara. Mein Blick folgte jedem ihrer Schritte durch das Lokal. Ich war wie vom Blitz getroffen. War das Liebe? Nein, das konnte nicht sein. Wie hätte ich eine Frau lieben können, die ich gerade einmal eine Stunde kannte?

4. Das Innere von Lara

Mein Nacken schmerzte, da mein Kopf neben dem Kissen lag. Ich versuchte, mich im Bett etwas aufzurichten, ohne Lara aufzuwecken, die an meine linke Seite geschmiegt dalag. Da lag sie, wie ein Wunder und so wunderschön, dass ich es kaum glauben konnte. Womit hatte ich dies verdient? Ich wollte in meinen Gedanken gerade nochmals die letzte Nacht Revue passieren lassen, was ich sicherlich noch oft tun würde. Ich wurde jedoch beim Blick durch das Zimmer aus den Gedanken gerissen. Ich hatte noch nie ein solches Schlafzimmer gesehen oder etwas, das auch nur ähnlich eingerichtet war. In der ersten Sekunde schien es mir fast abstoßend fremd, auf dass es mich jede weitere Sekunde mehr und mehr begeisterte. Das Zimmer war sicher doppelt so groß, wie ein Schlafzimmer in einem der kleinen viktorianischen Häuser sein sollte; ich vermutete, dass es fast ein ganzes Stockwerk einnahm. Gegen oben zum Giebel hin war der Raum offen. Gleichzeitig war er fast leer. Es gab das Bett, einen Schrank, einen alten Ohrensessel mit einem Tischchen und einer Art Matte am Boden. Die Wände waren nackt, wobei eine komplette Wand tiefrot, erdig gestrichen war. Die Farbe sah fast aus wie Blut mit Sand vermischt. Auf einer anderen Wand war ein Streifen hellschimmerndes Orange. Die restlichen Wände waren weiß, der Boden, die Dachuntersicht, die Fenster und auch alle Möbel aus sehr gepflegtem Holz. Die Bettwäsche war weiß, grob und fühlte sich wunderbar an beim Darüberstreichen. Am Fußende lag eine graue Decke aus dem gleichen Stoff, mit welchem der Ohrensessel bespannt war. Neben der Matte lagen Metallschalen, welche im hellen Licht matt glänzten. Unsere Kleider, die sich auf der Strecke zwischen Tür und Bett verteilten, störten das Bild nicht, wirkten auch nicht unordentlich, sondern erzählten eine gut nachvollziehbare Geschichte. Ich musste lächeln. „Gefällt es dir?" Zum Glück zuckte ich nicht so stark zusammen, wie mich die Frage aus den Gedanken riss. Ich sah ihr in die Augen und fragte mich, wie lange sie mich bereits angesehen hatte. „Ja, es ist wunderschön! Ich habe noch nie ein vergleichbar eingerichtetes Zimmer gesehen. Woher kommt diese Art einzurichten und gibt es einen Namen dafür? ... Aus dem Osten?" Darauf meinte sie mit einem breiten Lächeln: „Wenn ich einen Namen für diesen Raum oder die Einrichtung wählen müsste, dann würde ich es ‚Das Innere von Lara‘ nennen. Das Geschoss war früher in drei Räume unterteilt und vollgestopft mit uraltem Gerümpel. Meine Idee war ursprünglich, die Räume als Schlafzimmer, Gästezimmer und Bad zu verwenden. Die Innenwände waren aber so schäbig und dünn, dass ich sie herausreißen musste. Nachdem dies mit dem Vorschlaghammer und mithilfe von Edgar, dem Besitzer, getan war, saß ich an einem Abend hier lange auf dem Boden im leeren Raum. Diese Leere hat mich so fasziniert, dass ich sie erhalten wollte. Also habe ich mir genau überlegt, was ich zusätzlich zur wohltuenden Leere benötige. So habe ich die Materialien der Wände, des Bodens und der Dachuntersicht gereinigt und gepflegt. Darauf habe ich nur das wieder in den großen Raum gefügt, was ich wirklich zum Schlafen und zum Meditieren benötige, Textilien verwendet, die meine Sinne anregen und alles Übrige weggelassen. Erst dadurch ist mir bewusst geworden, wie wertvoll das Weglassen und das Konzentrieren auf das Wesentliche ist, und halte es seither mit meinem ganzen Leben so. Mein Leben ist so viel einfacher seither und ich kann mich auf das Wichtige konzentrieren!"

In den folgenden Tagen trafen wir uns häufiger, wobei ich gerne jede freie Minute mit Lara verbracht hätte. Obwohl sie nur zwei Jahre älter war als ich, hatte sie bereits ein sehr bewegtes oder bewegendes Leben hinter sich. Daher kam wohl ihre Stärke, Entschlossenheit und der Ozean in ihren Augen. Ihre Eltern waren den meinen sehr ähnlich, Elena und Joe lebten aber noch. Sie hatten immer versucht, ihrer Tochter ein gutes Leben zu ermöglichen, und hatten hart dafür gearbeitet. Obwohl die kleine Familie nicht viel besaß, ging es ihnen besser als den meisten ihrer Nachbarn, da diese keine Arbeit fanden, die Väter Alkoholiker oder sonst krank waren oder einfach auch, weil sie das Leben nicht meistern konnten. Lara hatte es bereits als Kind für ihre Aufgabe gehalten, alles Leid auf der Welt lindern zu wollen. Als sehr junge Frau war sie bereit, gegen die großen Ungerechtigkeiten in unserem Land auf die Straßen zu gehen, und organisierte Proteste und Streiks. Das Anhalten des Vietnamkrieges, das weitere Entsenden von Soldaten, die Morde an den Kennedys und Martin Luther King und besonders internes Gerangel in ihrer Gruppe ließ sie im Sommer 1968 resignieren. Ausgerechnet in den eigenen Reihen gab es Machtkämpfe und Hackordnungen, wo Lara sich doch genau dagegen engagieren wollte. Sie wendete sich mit ihrem damaligen Freund von den Menschen ab und die beiden besetzten darauf ein Stück Land am östlichsten Rand von Kalifornien, für das sich schlicht niemand interessiert hatte. Auf dem kargen Boden kultivierten sie Gemüse und Getreide, bauten die bestehende Scheune aus, hielten ein paar Hühner und finanzierten den restlichen Lebensunterhalt mit Gelegenheitsarbeiten in der Gegend und Näharbeiten. Sie gaben dem Ort den Namen „Heaven" und brachten bei der Zufahrt eine entsprechende Tafel an. Sie genoss die Zweisamkeit, die Ruhe und die Nähe zur Natur. Wenn es nach Lara gegangen wäre, hätte es noch Jahre so weitergehen können und sie wünschte sich Kinder und eine Familie. Doch ihr Freund begann sich zu langweilen und bald, seine Leere mit Alkohol auszufüllen. Mehr und mehr kamen Männer und Frauen zu Besuch, teils aus ihrer alten Gruppe, teils auch völlig Unbekannte. Mit ihnen kamen LSD und Heroin und mit den Drogen die Freizügigkeit und Selbstbezogenheit ihres Freundes. Innerhalb von zwei Jahren war ihr Rückzugsort zu einem nicht mehr kontrollierbaren Camp für Aussteiger und Drogenabhängige geworden. Ihr kleiner, entrückter Garten Eden war schnell zu einem Hort des Elends geworden. Kinder streunten durstig, hungrig und schmutzig in der Gegend herum, während ihre Eltern tagelang ihrem eigenen Weg nachgingen. Lara war schockiert. Sie kannte aus ihrer Kindheit, aus ihrer Nachbarschaft, großes Leid und Elend. Aber so wenig die Kinder und ihre Eltern damals hatten, die Menschen kümmerten sich umeinander. Die Menschen kämpften damals ums Überleben und gaben alles, um ihren Kindern ein wenig Sicherheit für ihre Zukunft zu geben. Als sehr junge Frau hatte sie dafür gekämpft, dass Menschen in ihrem Bestreben für eine Zukunft eine Chance hatten. Die Menschen hier in „Heaven" hätten vieles erreichen können, hätten sie es nur gewollt. Stattdessen wollten diese jungen Leute nur der Welt entfliehen und lehnten jegliche Verantwortung oder Last ab. Sie grenzte sich ab und wurde umso mehr ausgegrenzt. Sie galt in der freien, offenen, selbstbestimmten Welt, die sie mit ihrem Freund geschaffen hatte, als bürgerlich und kleinkariert. Sie verlor ihr Recht, ihr Leben in „Heaven" zu bestimmen. Sie schlenderte ziellos zwischen dem Haus, dem Garten und der Scheune umher im Bestreben, alles in Ordnung und am Leben zu erhalten. Doch es ergab keinen Sinn mehr. Sobald im Garten endlich das erste Gemüse heranreifte oder auf dem Feld das eh zu spärliche Getreide Früchte trug, fand sie am nächsten Tag alles niedergetrampelt, da jemand es als passend gefunden hatte, sein Nachtlager darin aufzuschlagen. Zwischen angebissenen, vertrockneten Melonen lagen Spritzen, Flaschen und Toilettenpapier. So blieb ihr nichts als die Flucht, als erneutes Wegrennen. Nicht nur hatte sie alles verloren und waren all ihre Träume geplatzt, alle neuen Werte von Freiheit und Gleichheit zerstört, nein, sie musste beim Wegzug sogar noch zur nächsten Sheriffstation gehen und dort bitten, man möge sich um die Kinder kümmern. Sie war überzeugt, mehr als eines würde den Tod finden, jetzt, wo sie sich nicht mehr um sie kümmern würde. Sie musste die Kinder dem System überlassen, das sie als kalt, herzlos und voreingenommen empfand.

Ihre Enttäuschung über die Menschheit war grenzenlos und sie wollte nur noch tot sein. Sie hatte keinerlei Kraft und Glauben mehr und hoffte einzig, dass ihr Blut und toter Körper auf einem Felsen in der Wüste Nahrung für ein paar Vögel oder Wildtiere ergäben.

„Hast du damals an ein Leben nach dem Tod geglaubt?" Darauf schilderte sie mir ein Teil ihres Bildes der Welt, des Lebens, des Todes und des Universums, das seither auch meines war. Es war wie ihr Zuhause: schlicht und logisch, aber voller Schönheit, Kraft, Hoffnung und Zuversicht. Darauf meinte ich, dass es schade sei, dass dabei kein Platz für Jesus bliebe, worauf sie mich mit großen Augen anschaute und heiter lachte. Ich war etwas verletzt, dass sie mich deswegen auslachte. „Robert, ich bin eine überzeugte Christin. Außer die Liebe und die Wertschätzung von Leben ist nichts wichtig für uns."

Für Lara war Jesus das größte Geschenk Gottes von allen, ob nun der leibliche Sohn oder nicht.

„Damals war die Menschheit geprägt vom nackten Kampf ums Überleben. Schutz, Nahrung und Gesundheit, das kostbare Leben waren zu jeder Zeit gefährdet durch die Natur und andere Menschen, ob nun im Krieg oder im Streit. Das Leben war ausgerichtet auf die religiösen und weltlichen Führer, die im Überfluss lebten. In diese Welt trat Jesus und verkündete seine Botschaft von Armut, Demut, Sanftmut, Gerechtigkeit, Barmherzigkeit und Frieden. Viele hatten seit Hunderten von Jahren auf einen Messias, einen Erlöser gewartet, der die Tausenden von Gläubigen in ein besseres Leben führen würde. Vielleicht hatten sich viele diesen Messias vorgestellt wie einen neuen Moses, der mithilfe Gottes das Meer teilen oder Plagen heraufbeschwören konnte, um einen Pharao und die stärkste Armee der damaligen Welt in die Knie zu zwingen. Nun kam Jesus, predigte bedingungslose Nächstenliebe und stellte den Himmel und die Erlösung, nicht Tausenden, sondern jedem Menschen in Aussicht. Die Bedingung war lediglich, an Gott zu glauben, seine Gebote zu halten, jeden Gläubigen zu lieben und Nichtgläubige auf den rechten Weg zu führen. Nach ihm konnte kein Mensch jemanden daran hindern, ewiges Leben zu erlangen. Man brauchte nicht viel Geld für große Opfergaben – im Gegenteil: Je weniger man hatte, umso leichter war es, sich den Himmel zu verdienen. Für Jesus war schließlich jeder Mensch gleich und gleich wertvoll.

Das Ermessen und das Richten lagen nicht bei anderen Menschen, sondern bei jedem Einzelnen und zum Schluss einzig bei Gott selbst. Ihm und seiner Botschaft folgten Tausende. Vielleicht waren es sogar wenige Tausend Menschen, die zu seiner Bergpredigt kamen. Die Reichen und Mächtigen waren von der Botschaft allein wohl empört, aber mit den Tausenden von Jesus' Anhängern wurde es gefährlich für sie. Die Kontrolle drohte zu entgleiten. Jesus musste sich entscheiden zwischen Fliehen oder Geopfertwerden für seine Botschaft. Wie wir wissen, hat er sich für Zweiteres entschieden. Wie schwer muss ihm diese Entscheidung gefallen sein und wie schwer muss es für seine Jünger gewesen sein, diese Entscheidung zu akzeptieren, allen voran Maria Magdalena."

Es fällt uns schwer, uns vorzustellen, wie genau die ersten Jahre und Jahrzehnte nach Jesus' Tod ausgesehen haben mochten. Lara war überzeugt, dass Maria Magdalena ebenfalls eine Jüngerin von Jesus gewesen war. Sicher hatte sie es als Frau schwerer, gehört zu werden. „Wie auch immer, wir verdanken die christliche Religion, für mich ist es eher eine Philosophie, den Jüngern und Paulus, welche diese Frohe Botschaft unermüdlich in die Welt getragen haben. Die Evangelien und das Neue Testament wurden erst viel später zusammengetragen. Was lag näher, als den Menschen das zu hören zu geben, was sie hören wollten? Was lag näher, als Jesus höher und höher auf einen erst goldigen und dann himmlischen Thron zu setzen und mit Wundern und Göttlichkeit die Ausstrahlungskraft, Wichtigkeit und Relevanz zu festigen? Denn mit der Rede von Nächstenliebe allein vermochte wohl wirklich nur Jesus den Erdenball für einen kurzen Moment anzuhalten." „Lara, hast du dir je überlegt, ob Selbstbestimmung und eigenes Handeln dem christlichen Glauben widersprechen?" „Ich finde überhaupt nicht, im Gegenteil, wie kommst du darauf?" „Unser Intellekt ist unser größtes Geschenk, das, was uns von primitiven Tieren unterscheidet. Doch hast du je eine Religion gehört, die uns sagt, wir sollen alles hinterfragen, kritisch sein, unsere eigenen Ideen entwickeln, eigenständige Individuen sein?" Lara lachte. „Nein, davon wird wahrlich nichts erwähnt. In der Bibel ist das Volk eine stetig quengelnde Masse, die geführt werden muss und nach Manna schreit. Das ist ja genau das, was ich gemeint habe. Vielleicht war das ja ganz früher so, aber ich denke eher, so wollten uns die religiösen Führer haben, als Schafe, nicht als denkende Individuen. Und darum wurde es auch so niedergeschrieben." Natürlich führten wir nicht ständig derart anspruchsvolle Diskussionen, aber Lara war der erste Mensch, mit dem ich über alles reden konnte. Über seinen Glauben zu reden, war fast noch intimer, als über Liebe und Sex zu reden.

Jedenfalls war es ein junger Ranger, der Lara mit offenen, blutenden Armen auf einem Felsvorsatz fand und notdürftig verarztete. Er fuhr sie ins Spital und benachrichtigte ihre Eltern. Für Lara fühlte es sich an, als wäre sie dort oben auf diesem Felsen verstorben und im Spital im Beisein ihrer Eltern neugeboren. Neugeboren in eine zweite Chance, mit allem Wissen der vergangenen zwanzig Jahre, ohne Gram, aber auch mit einer unendlichen Distanz zu den Menschen. Sie konnte sich nicht erklären, wie sie nach allem Erlebten plötzlich wieder Kraft und Willen fand. So reiste sie an ihrem ersten Geburtstag durchs Land, arbeitete hie und da als Kellnerin und wollte irgendwo bleiben, wo ihr das Leben lebenswert schien. Da war sie an ihrem zweiten Geburtstag angekommen, hier in Telluride.

Wir saßen am nächsten Morgen in Unterwäsche in der Küche am kleinen Tisch beim Fenster und aßen Brötchen und tranken Kaffee. Dies taten wir die letzten Tage immer am späten Vormittag, bevor Lara zur Arbeit ging, welche sie zuerst zum Markt führte, wo ich sie meist begleitete. Auch ihre Küche, wie jeder andere Raum in diesem Haus, war nicht nur ein Raum, diente nicht nur einer Tätigkeit. Mit Farben, schönen Materialien und eher karger, aber qualitativer Einrichtung hätte man in jedem Raum einfach sein können, schlafen können, essen können, ein Bier oder ein Glas Wein trinken können. Sogar der Keller besaß kleine Fenster, durch die Licht in den sauberen, ordentlichen Raum fiel – mit Schränken und Regalen voller Konfitüre, Gemüse, Erbsen, Mehl, Wein und so vielem mehr. Die eh zu kleine Garage war zur Werkstatt umfunktioniert worden und in der Mitte lag ein Tisch umgekehrt auf einem anderen. Anscheinend war Lara dabei, den Tisch abzuschleifen und neu zu streichen respektive zu wachsen, wie sie mir vor ein paar Tagen erzählt hatte. Weit und breit war keinerlei Staub zu sehen. Ich versuchte, mir in den letzten Tagen etliche Male vorzustellen, was für Änderungen nötig gewesen wären, um das Haus meiner Eltern in einen derart schönen Ort zu verwandeln, der fast nur gab, der ein warmes Gefühl in der Brust verursachte, dessen Pflege und Arbeit Freude bereitete, aber auch so wenig Arbeit wie nötig verursachte. Das Leben meiner Eltern wäre ein anderes gewesen, aber vermutlich musste ein solches Haus aus einem herauswachsen, wie auch Lara es erklärt hatte. Jedenfalls war ich zum Schluss gekommen, dass nicht eine Wand des Hauses meiner Eltern hätte stehen bleiben können – was nun ja auch erledigt war. Ich wollte meinen Eltern definitiv

Lebewohl sagen und nicht mehr nach hinten, sondern nur noch nach vorne blicken. Vor allem aber wollte ich jeden Moment mit Lara genießen.

Durch meine Besuche mit ihr auf dem Markt, die Spaziergänge alleine am Nachmittag und die Besuche im Restaurant bei Lara kannte ich recht bald die halbe Stadt. Wie bereits in Colorado Springs baten mich alle zu bleiben und eine Stelle zu suchen. Für sie war klar, dass Lara und ich ein Paar wären. Dies waren wir auch in meinen Augen, wobei ich mir bewusst war, dass wir dies noch nicht besprochen hatten. Alle Worte, die mir jeweils einfielen, um nach unserer Beziehung zu fragen, schienen mir kleinlich und abgewetzt. Vielmehr wollte ich Lara zeigen, dass ich auch auf eigenen Beinen stehen konnte und mich nicht in ihr Leben oder ihren Alltag drängen wollte. So nahm ich tageweise Arbeit an, die mich mit Pferden in die Berge führte, mit Baumaterial bis nach Durango zurück oder meist einfach in eines der kleinen Häuser, die derzeit viel umgebaut und renoviert wurden. Ich begann mich selbst nach kleinen, viktorianischen Häusern umzusehen. Einerseits bereitete es mir sehr viel Freude und Befriedigung, diese zu renovieren, zu neuem Leben zu erwecken und ihnen etwas von der Zuneigung und dem Glanz früherer Zeiten zurückzugeben. Andererseits stellten diese eine gute Investition dar. In Wirklichkeit stellte ich mich aber vor allem darauf ein, in Telluride respektive bei Lara zu bleiben. Ich wollte nicht einfach bei Lara einziehen und ihr Leben übernehmen. Ihr Haus war doch sehr stark sie selbst und ich wollte ein Teil ihres Lebens sein und nicht mich darin einnisten. Nur in seltenen Momenten fragte ich mich noch, ob es besser wäre, meinen Weg nach Westen zu beenden, diesen Abschnitt meines Lebens abzuschließen, der gleichzeitig ja auch ein Neubeginn darstellen sollte.

Als wir wenige Tage später an einem unscheinbaren Haus mit großem Umschwung vorbeikamen, welches zu verkaufen war, offenbarte ich Lara, ich würde in Betracht ziehen, dieses oder ein anderes Häuschen zu kaufen und mir eine feste Arbeit als Zimmermann und Schreiner zu suchen. Sie sah mich erschrocken an und brachte kein Wort über die Lippen. „Bitte entschuldige, Lara, ich wollte dich nicht überfahren. Ich bin einfach so glücklich mit dir, ich liebe dich aus tiefstem Herzen, wie wenn es uns immer vorbestimmt gewesen wäre, uns zu finden. Ich weiß, dass du dir hier dein eigenes Leben eingerichtet hast. Deswegen fand ich es besser, erst einmal ein eigenes kleines Haus zu suchen." Mir wurde fast übel, sollte ich mich dermaßen getäuscht haben in den Gefühlen von Lara mir gegenüber? War ich ein Narr? „Robert, ich liebe dich auf die gleiche Weise. Ich liebe dich so unsagbar, dass ich jeden Morgen fürchte, du könntest am Abend nicht mehr da sein. Aber ich hatte mir so vorgenommen, nie wieder von Menschen abhängig zu sein, mich nie wieder zu verlieben, sondern ein zurückgezogenes, stilles Leben zu führen. Ich habe Angst, es ändert sich wieder alles, ich, du oder das Leben generell könnten sich zum Schlechten ändern. Robert, ich könnte dies nicht nochmals ertragen!" „Lara, ich wollte dich auf keinen Fall drängen." „Robert, ich bin selbst noch nicht lange in Telluride. Ich fühle mich hier sehr wohl, so wohl wie seit sehr langer Zeit nicht mehr, aber es ist noch nicht mein Zuhause. Ich brauche mehr Zeit mit Telluride, mehr Vertrauen. Robert, du solltest deine Reise nach Westen beenden." Ich fühlte einen Stich in meiner Brust. Ich konnte oder wollte nicht mehr atmen und die Augen wurden wässerig. „Ich werde hier auf dich warten, ich verspreche es dir." Einmal mehr mit Tränen hielten wir uns fest im kühlen Abendwind und vergruben unsere Nasen in den dicken Jacken des jeweils anderen.

5. Stimmen aus der Dunkelheit

Ich fuhr gegen Mittag los mit einem Gefühl, als wäre etwas Furchtbares passiert, als würde die Welt stillstehen und es gäbe keinen Platz mehr für Gefühle, für Zeit und Raum. Ich fuhr an Felsen und Wäldern vorbei, deren unbeschreibliche Schönheit ich nur wie durch einen Filter wahrnehmen konnte. Kaum war ich in Moab angekommen, schien es mir so falsch, ein Zimmer zu nehmen, wenn ich noch vor der Nacht wieder bei Lara sein könnte. Ich ging ein Bier trinken und eine Pizza essen und überlegte lange, was für und was gegen einen Anruf bei Lara sprach. Ich war mir bewusst, dass es ihr nicht besser erging und ich war mir sicher, dass ein Anruf es weder ihr noch mir leichter machen würde. Mein einziger Gedanke war, dass sich in wenigen Tagen die Welt wieder zu drehen beginnen würde. Diese schreckliche Benommenheit würde sich wieder auflösen und dem Leben, der Sehnsucht, der Liebe und den unendlichen Erinnerungen bis ins kleinste Detail Platz machen. Ich schlief schnell, völlig erschöpft und niedergeschlagen ein, war aber bereits um vier Uhr wieder wach und konnte nicht mehr einschlafen. Ich schrieb Martha, Bill und John einen Brief über die Liebe, die ich gefunden und vorerst wieder verloren hatte. Nein, ich hatte weder die Liebe noch Lara verloren, aber die Trennung schmerzte so sehr, wie wenn Lara für immer in eine andere Welt gereist wäre.

Entsprechend war auch die Besichtigung des Arches National Park am nächsten Tag. Es war eine Pflichtbesichtigung, ein Pflichtabfahren der Straßen und ein Pflichtabwandern der Naturwunder. Ich zwang mich, das Kapitel im Reiseführer komplett durchzulesen, zwang mich zu Pausen, innezuhalten, mich hinzusetzen. Aber schlussendlich war es einfach ein Warten, bis etwas Normalität zurück war. Ich versuchte, allen begeisterten Touristen, Familien und auch jungen Menschen in meinem Alter aus dem Weg zu gehen im Wissen, dass ich wohl nicht die beste Gesellschaft war in diesem Zustand. Der Austausch mit dem netten Ehepaar im Hotel und der entsprechende Small Talk waren wie eine Filmrolle, die ich zu spielen hatte und ich hatte kein Gefühl dafür, wie gut ich die Rolle spielte.

Zwei Tage später, noch immer beim Ablaufen eines Pflichtprogramms, brach plötzlich alles hervor, respektive kam es mir vor, als wäre meine versteinerte Gestalt in zwei Hälften von mir abgefallen und ich selbst wieder zum Vorschein gekommen. Zwar kamen mir wieder Tränen, aber ich fühlte eine unendliche Dankbarkeit, Liebe, Schönheit und Verbundenheit mit der Natur um mich, die schöner nicht hätte sein können. Ich war einige Stunden vor dem Bryce Canyon National Park und ich wollte so rasch als möglich Lara anrufen, jetzt, da ich wieder ich selbst war. Auf der Fahrt in den Park rechnete ich mir aus, was ich unbedingt auf meinem Weg noch sehen wollte und wie lange es wohl dauern würde, die Westküste zu erreichen. Nur, wie lange, rechnete Lara, würde ich weg sein? Einen Monat, zwei oder drei oder gar ein halbes Jahr? Es half wohl nichts, Abkürzungen zu nehmen. Ich beschloss, den Weg einfach weiterzufahren, wie ich es mir ursprünglich vorgenommen hatte. Ich wollte mich entsprechend auf das Land, die Natur und die Menschen einlassen.

Beim Parkeingang fand ich bald ein Telefon. Nach drei Sätzen merkten wir, dass es sinnlos war, über die drei letzten Tage zu reden. Lara entschuldigte sich andeutungsweise, dass sie diese, für uns beide schlimme Situation verursacht hatte. Für einen Moment wollte ich gerade darauf einsteigen, dass es ja tatsächlich ihre Entscheidung gewesen war. Wollte ich sie dafür leiden lassen? Gerade rechtzeitig gab ich mir einen Ruck und antwortete, dass es vermutlich eine gute Entscheidung gewesen war und dass wir es am Ende beide beschlossen hätten. So kamen wir bald darauf zu sprechen, wie es uns ging und was wir jeweils die nächsten Tage vorhatten. Am Ende eines langen Gespräches hängte ich den Hörer auf und schaute wieder etwas positiver nach vorne. War es denn nun unser beider Entscheid gewesen? Ja, Lara hatte ihren Wunsch deutlich geäußert und wir waren zusammen zu einem Entscheid gekommen, der Laras großen Bedenken Rechnung trug, auch wenn ich gerne noch immer in Telluride gewesen wäre. Ich war es gewohnt, Kompromisse einzugehen und nur in seltenen, mir sehr wichtigen Fällen hart zu bleiben. Noch selten war mir jedoch etwas so wichtig in meinem Leben und es war von Anfang an klar, dass ich zustimmen musste, um Lara nicht zu verlieren. So nahm ich mir vor, sie noch mehr zu lieben, mich oft bei ihr zu melden, aber sie nie zu bedrängen.

Ich saß auf einem Stein bei einem Aussichtspunkt am Ende einer kurzen Wanderung im Bryce Canyon National Park. Jetzt, wo es Abend wurde, begann ich, im Spiel von Licht und Schatten, die Felsformationen so zu erkennen, wie ich sie mir vorgestellt hatte. Die geschundenen und ausgewaschenen Felsen und Steintürme beeindruckten mich sehr und ich versuchte mir vorzustellen, wie viele Tausende oder gar Millionen von Jahren sie hier waren und von Eiszeiten, Gletschern und Gezeiten geformt wurden. Sie waren lange vor den ersten Ureinwohnern hier und vielleicht noch lange nach dem letzten Menschen. Wie viele Menschen haben diese Schönheit der Natur bewundern dürfen? Wie viele Abenteurer und Siedler waren hier vorbeigekommen und sahen keine wunderschöne Landschaft, sondern eine schwer passierbare Strecke und verfluchten die Gegend oder gingen gar daran zugrunde?

Ich war sehr froh in unserer Zeit und in dieser Ecke unserer großen Erde aufgewachsen zu sein. Hatte es mir jemals an etwas gefehlt? Nein, tatsächlich nie. Meine Eltern hatten zwar wenig Geld, doch für eine glückliche Kindheit hatte es längst gereicht. Meine Geschwister und ich konnten mit den Nachbarskindern eine Welt entdecken, die so sicher, so geborgen und für uns doch so abenteuerlich war, dass meine Kindheit geprägt war von Liebe, Wärme und Geborgenheit auf der einen Seite und von Natur, Abenteuerlust und Lebensfreude auf der anderen Seite. Viele Jahre waren wir den Stamm einer Esche hochgeklettert und hatten uns in der riesigen Baumkrone versteckt und uns eingerichtet. Die Baumkrone schien eine ganze Welt in sich zu beherbergen und bot Hunderten von Vögeln, Pelztieren und Insekten ein Zuhause. Dieses Gefühl kam jedes Mal in mir hoch, wenn ich einen Baum berührte oder auch nur das Holz eines Baumes. Beim Bearbeiten von Holz mischte sich dieses Gefühl der Verbundenheit mit der Natur mit den Erinnerungen, wie ich mit meinem Vater an der Werkbank in unserer Garage gestanden hatte. Was immer wir gerade gesägt, geschreinert oder repariert hatten, jede Holzart hatte ihren eigenen wunderbaren Geruch nach Harz und Fasern.

An alledem änderte auch meine Jugendzeit nichts. Was neu dazukam, waren Lagerfeuer, Sorgen über schlechte Schulnoten, Gespräche über Mädchen und die Frage, was man einmal werden möchte. Mit dem Führerschein kamen nochmals neue Möglichkeiten hinzu. Betreffend Mädchen blieb es nicht nur bei den Gesprächen, sondern sie saßen bei uns, es gab irgendwoher meistens Alkohol und später durften wir die Wochenendhäuser meiner Kollegen in Conifer und Evergreen benutzen. Wie viel die Eltern davon wussten, war nicht immer ganz klar. Es war eine wunderschöne, glückliche Zeit. Mit Ach und Krach und viel Sympathie der Lehrer und mit noch mehr Druck meiner Mutter schaffte ich es tatsächlich ans College, welches ich am Schluss mit einem Bachelor abschließen konnte. Ich hatte mit Bauwesen und Architektur Themen gefunden, die mich interessierten, und die ich aufnahm, ohne Stunden und Stunden büffeln zu müssen.

Mit dem gewaltsamen Tod meines Vaters erlebte meine Collegezeit aber einen abrupten Absturz. Ich war in keiner Weise auf etwas Vergleichbares vorbereitet gewesen, umso weniger konnte ich glauben, dass er einfach nicht mehr da war. Plötzlich traten Themen wie Tod, Selbstmord, psychische Krankheiten, Vergänglichkeit, die Frage nach Gott, Schicksal und Bestimmung in mein Leben. Es war mehr ein Überstehen und ein Spießrutenlaufen als ein Verarbeiten. Das meiste verschnürte ich gut und sperrte es irgendwo in die hintersten Ecken meines Hirns und meines Herzens weg. Und ich denke, das war auch gut so. Es war einfach nicht möglich, alles auf einmal zu verarbeiten, nicht so jung, wie ich war. Auch in dieser schlimmen Situation fanden wir uns sehr getragen und aufgehoben in der Gemeinschaft unserer Familie und unserer Freunde. Auch der Pfarrer unserer Gemeinde hatte sich viel Zeit genommen, uns zu trösten und uns bei Formalitäten und Entscheidungen zu unterstützen. Er war mehr der Macher und weniger der Seelentröster, wofür ich ihm sehr dankbar war. Ich trug immer die Liebe meiner Eltern im Herzen und versuchte, diese da weiterzugeben, wo sie auf fruchtbaren Boden fiel. Erst da fiel mir auf, dass dieser Gedanke genau dem entsprach, was John der Ranger gemeint hatte. Dass wir keine Ahnung haben, wie weit die Liebe anhält, die wir weitergeben. Fällt sie irgendwann zu Boden und erlischt oder bleibt sie für alle Ewigkeit ein Teil der Liebe, die in unserer Welt existiert?

Es wäre für meine Mutter bereits eine zu große Strapaze gewesen, zur Abschlussfeier zu kommen. So feierten wir danach zu Hause. Sie war so stolz auf mich und auch froh und dankbar, mich in ein erfolgreiches Leben entlassen zu haben. Bis zu ihrem Tod arbeitete ich im Betrieb weiter, in dem ich bereits vorher oft in den Ferien und an Wochenenden als Aushilfe angestellt war. Es war eine Holzbaufirma, spezialisiert auf den Bau von Einfamilien- und Mehrfamilienhäusern. Obwohl die Wirtschaftslage in Denver ewig schlecht war, hatten wir immer genügend Arbeit. Mein Chef war sehr diszipliniert, was Ausgaben anging, und so konnte er recht günstig anbieten und wir lieferten gute Arbeit. Mehr und mehr bot er sich allerdings als General Contractor an und mietete sehr lausige Leute an, die sich um die anderen Arbeitsgattungen kümmerten. Dies war sehr mühsam, da ich meistens mehr von ihrer Arbeit verstand als sie selbst und darum gar nicht mehr zur Arbeit kam, sondern nur noch am Kontrollieren und Reparieren war. Dadurch musste wiederum meine Arbeit von jemandem erledigt werden, der ebenfalls keine Erfahrung hatte. Nach dem Tod meiner Mutter bot mir mein Chef an, mit meinem kleinen Erbe in die Firma einzusteigen, was aber aus besagten Gründen eine schlechte Idee gewesen wäre. Abgesehen von immer wechselndem, schlecht bezahltem Personal, war auch die Ausrüstung in einem miserablen Zustand und hätte allesamt ausgewechselt werden müssen. Bereits zu diesem Zeitpunkt hatte ich mir überlegt, dass ich sehr gern einen solchen Betrieb führen würde, aber wenn, dann sicher in einer Gegend, die weniger wirtschaftliche Probleme hatte als Denver. Auch daher hatte ich mich unbewusst bereits entschieden, Denver zu verlassen, noch bevor mich meine Geschwister davon überzeugen wollten.

Ich hatte immer damit gerechnet, im letzten Moment nach Vietnam eingezogen zu werden. Bisher war ich einmal verschont worden, weil ich einerseits in Ausbildung war und mich andererseits um meine Mutter gekümmert hatte. Dies war tatsächlich ein vernünftiger Grund und keine Ausrede gewesen. Trotzdem musste ich zugeben, dass ich sehr froh war, bisher nicht eingezogen worden zu sein. Ich hatte gesehen und erlebt, was Krieg aus Menschen machen konnte. Jene, die überlebten, trugen oft das größere Kreuz für den Rest ihres Lebens als jene, die im Krieg fielen, ebenso deren beider Angehörige. Ich hatte zwar eine neue Adresse bei Martha angegeben, aber ich hoffte sehr, dieser Kelch möge an mir vorübergehen, und betete auf meine eigene Art für all die Menschen, die über so lange Zeit für unser Land kämpfen mussten.

Ich sinnierte noch eine Weile vor mich hin und fror langsam entsprechend, als ein schöner, heller Vollmond über den Felsformationen am weiten Horizont aufstieg. Es war wie ein Wunder, insbesondere da ich mir weder bewusst war, dass bereits wieder Vollmond war, noch dass dieser so früh aufgehen würde. Als meine Gedanken wieder in Richtung Mond abschweiften, hörte ich hinter mir Stimmen und Menschen in der Dunkelheit marschieren. Respektive war es durch den Mond erstaunlich hell, sodass niemand die Taschenlampen eingeschaltet hatte. Ich trat hinter einen Felsen, um nicht gesehen zu werden. Was machten diese Menschen in der frühen Nacht hier? War es eine Sekte und was führten sie im Schilde? An der Spitze erkannte ich einen Ranger und langsam wurde mir anhand der Gespräche klar, dass dies nur ein Vollmondspaziergang für eine Touristengruppe war. Ich schlich mich aus dem Dunkel und gesellte mich zur Gruppe, was anscheinend niemandem auffiel. Es fühlte sich sehr gut an, einer Gruppe anzugehören, auch wenn ich niemanden kannte. Die Stimmung war sehr feierlich unter dem Vollmond, aber auch sehr herzlich untereinander, auch wenn sich von den anderen Teilnehmern wenige zu kennen schienen. In einer Gruppe hatte man mehr Berechtigung, in der Dunkelheit an einem solchen Ort zu sein, als allein wie ein Verbrecher. Mir wurde langsam bewusst, dass ich nicht dafür geschaffen war, mich allein bis nach San Francisco oder Los Angeles durch die Gegend zu schlagen. Vielleicht sollte ich am nächsten Tag schauen, ob ich mich jemandem anschließen konnte? Diese Vorstellung begeisterte mich wenig. Ich war sehr gern unter Leuten, aber hatte immer etwas Bedenken, mich aufzudrängen.

6. Ein Unfall vor Flagstaff

Am nächsten Morgen fuhr ich noch etwas im Park herum, machte eine kleine Wanderung und besuchte nochmals das Visitor Center. Meine Idee, mich einer Gruppe anzuschließen, schien mir einfach nur peinlich. Ich schlenderte unendlich lange um die Ausstellungsobjekte und die Verkaufsartikel herum, ging einen Kaffee trinken und dann wieder zurück zu den Regalen und Vitrinen. Nach jeweils dreißig Sekunden am selben Ort stehend, hatte ich bereits das Gefühl, dass mich alle in dem Gebäude für einen Psycho oder Verbrecher halten mussten. Normalerweise hatte ich keine Probleme, Menschen anzusprechen, aber jede Anrede, jedes Thema kam mir so künstlich und aufgesetzt vor, dass ich das Center wieder verließ und im Auto auf dem Parkplatz neuen Mut tanken wollte. Einen kurzen Augenblick später fuhr mein Impala in Richtung Grand Canyon, ohne dass ich wirklich aktiv darüber nachgedacht hätte. Und so fasste ich den abgeänderten Plan, zum Grand Canyon weiterzuziehen und dort nach Arbeit zu fragen oder einfach weiterzuschauen, wie sich die Dinge entwickelten. Mit diesem Plan im Hinterkopf fuhr ich ganz entspannt weiter und musste über mich und die doofe Situation lachen.

Es war später Nachmittag und so machte ich einen Halt am Lake Powell und besuchte den Glen Canyon Dam. Ich war sehr beeindruckt von dem riesigen Bauwerk. Es gehörte wohl zu unserer Zeit, von der Technik beeindruckt zu sein. Auch die neu eröffneten Tunnel in Colorado sprengten fast meine Vorstellungskraft, und seit die Menschen sogar auf dem Mond gelandet waren, schien es bezüglich Wissenschaft und Ingenieurskunst fast keine Grenzen mehr zu geben. In wenigen Jahren würde es sicherlich auch möglich sein, Krebs zu besiegen, was mich für meine Mutter und auch für meinen Vater manchmal traurig stimmte. Wie viele Jahre hatten wohl für eine Heilung gefehlt? Egal, auch wenn es nur ein Tag war, es würde zu spät sein.

Ich hatte mich am Nachmittag gefragt, wieso der Staudamm nur halb voll war. Beim Nachtessen erfuhr ich dann von einem deutschen Touristen, der selbst Ingenieur war, dass der Damm zwar seit zehn Jahren gefüllt wurde, aber noch weitere fast zehn Jahre brauchen würde, bis er voll sein würde. Dies verwunderte mich wiederum gleichermaßen, dass bei aller Ingenieurskunst und trotz unserer schnelllebigen Zeit sich ein Staudamm erdreistete, sich fast zwanzig Jahre Zeit zu nehmen, um voll zu werden. Als ich das dem deutschen Touristen erwiderte, mussten wir beide sehr lachen und wir zogen am Abend durch die erstaunlich leere Stadt und tranken noch ein paar Bier. Er ging allerdings am nächsten Tag in Richtung Norden weiter und ich zog Richtung Südwesten zum Grand Canyon.

So schlug ich mich nach dem Parkeingang zum Grand Canyon als Erstes zum Administration Building durch, was gar nicht so einfach war, da alles auf Touristen und nicht auf Arbeitssuchende ausgelegt war. Nach etwa einer Stunde stand ich dann aber doch in einem sehr einfachen Büro eines National-Park-Mitarbeitenden, dem ich mein Anliegen vortragen konnte, dass ich für ein paar Tage Arbeit suche. Der Ranger stellte mir Dutzende von Fragen, wie wenn ich mich für die Arbeit in einem Atomkraftwerk hätte bewerben wollen. Ich musste zurück zum Wagen, um sämtliche Ausweise und Zeugnisse zu holen. Nachdem er wusste, woher ich kam, wohin ich ging, wieso ich unterwegs war, wer meine Eltern und meine Geschwister waren, welche Ausbildung ich vorweisen konnte und vieles mehr, eröffnete er mir, dass er mir gern Arbeit für eine Woche anbieten könne. Sie würden in der Mitte eines Trails alte

Baustrukturen rückbauen und neue Installationen für die Ranger und Touristen aufbauen. Ich erhielt Kost und Logis und einen kleinen Lohn. Er sicherte mir aber auch zu, dass es geregelte Arbeitszeiten gebe und ich genügend Zeit hätte, mich am Abend im Park etwas umzusehen oder auch mit auf Rundgänge könne, wenn ich wollte.

So begann am nächsten Morgen bereits meine Arbeit, bei der ich als Erstes den Bright Angel Trail bis Indian Garden herunterwandern konnte. Als wir uns da installiert hatten, gab es bereits ein bescheidenes, aber feines Mittagessen, und danach begannen wir, alte Fundamente kleinzuschlagen, die nicht mehr gebraucht wurden. Die Arbeiten betrafen vor allem den Boden, Fundamente und Wege und waren überaus schweißtreibend. Teilweise übernachteten wir im Indian Garden, teilweise marschierten wir den ganzen Weg wieder nach oben und einmal konnten wir mit dem Hubschrauber mitfliegen, da dieser ohnehin Material und technische Geräte herunterflog. Da alle Arbeiter und auch Ranger ebenfalls im Park blieben, nahmen wir die Mahlzeiten zusammen ein und tranken zusammen ein paar Bier, bevor es in die karge Unterkunft ging. Der Kontakt zu den anderen Arbeitern war sehr angenehm, wobei sie mich nie als einen der ihren ansahen. Ich konnte es ihnen nicht verübeln. Ich ging davon aus, dass sie keinen viel besseren

Lohn erhielten als ich. Sie mussten jedoch ihren Lebensunterhalt mit dem wenigen Geld bestreiten und hatten teilweise Familien in der Nähe, die sie nur etwa jedes zweite Wochenende sehen konnten. Dagegen war ich in einer wohl sichtbar komfortableren Lage und es war für mich ja auch „nur" eine angenehme Abwechslung auf meiner Reise an die Westküste. Ich bemühte mich immer, dies in keiner Weise zu zeigen, und arbeitete, so gut ich konnte, was mir durchaus Respekt einbrachte für meine Ausdauer, mein Fachwissen und meine selbstständige Arbeitsweise. Die Ranger auf der anderen Seite waren ein ganz anderer Schlag, die ich sehr bewunderte. Einzig die militärische Hierarchie störte mich etwas, aber dies war wohl einfach nötig. Insbesondere die jüngsten Ranger, die teilweise jünger waren als ich, waren sehr motiviert. Ich konnte nicht recht verstehen, wie sie diesen militärischen Drill und dieses Hierarchiedenken über sich ergehen lassen konnten. Dies war ja nicht nur während ihrer Ausbildung oder Anfangszeit, sondern würde den Rest ihres Lebens oder zumindest ihres beruflichen Lebens bestimmen. Und dies ausgerechnet bei eher alternativen, sehr naturverbundenen Menschen.

Die Woche verging einerseits wie im Flug, andererseits hatte ich das Gefühl, den einen oder anderen viel länger zu kennen als nur ein paar Tage. Da es keine Arbeit mehr gab für mich und ich einen großen Teil der Sehenswürdigkeiten bei der Arbeit oder am Abend besucht hatte, beschloss ich, am übernächsten Tag weiter in Richtung Westen aufzubrechen. Ich war wieder sehr motiviert und aufgestellt, und Lara machte sich mit einem Lachen etwas Sorgen, dass es mit mir ja lustig werden könne, wenn ich mich nur bei der Arbeit erholen würde. Das konnte ich aber definitiv entkräften und ich hätte mir so gewünscht, mit ihr gemeinsam weiterzufahren. Zumindest andeutungsweise hatte ich die Frage in den Raum gestellt, ob sie mir nicht nachreisen möchte. Ich hätte sie sofort auch in Telluride abgeholt. Aber sie hatte gar kein Ohr dafür und ich war ja auch der Meinung, dass ich mir diese Reise allein vorgenommen hatte und ich diese wohl nur einmal im Leben allein beenden würde und sollte.

Ich war kaum aus dem National Park gefahren, als ich auf der Straße vor mir einen Unfall sah. Mehrere Menschen gestikulierten herum und gaben mir mit Winken Zeichen zu stoppen. Ich parkte den Wagen am Straßenrand, stieg aus und sah, dass es sich um einen Motorradunfall handelte. Dem Anschein nach war noch keine Polizei oder eine Ambulanz vor Ort und es gab einen Verletzten mitten auf der Straße, dessen Motorrad neben der Straße lag. Als ich auf den

Verletzten zuging, neben dem drei Menschen knieten, fragte ich eine Frau, die zitternd dastand, ob Hilfe alarmiert sei. Sie zeigte mit Kopfschütteln, dass dem nicht so war. Der Verletzte war bei Bewusstsein, hatte aber einen offenen Beinbruch. Ich fragte in die Runde, ob jemand zurück zum Park fahren könne, um Hilfe zu holen. Doch niemand reagierte und ein Mann in der Gruppe erklärte mir, sie wollten versuchen, das Bein in eine natürliche Position zu bringen. Gerade als ich „Nein, auf keinen Fall" rief, zog dieser am Bein, worauf eine Fontäne an Blut ruckartig aus der Wunde schoss. Ich beugte mich zum Verletzten, um eine Schlagader zu finden, die sich abdrücken ließ. Dies wusste ich von meinem Vater, der dies im Krieg mehr als einmal tun musste. Ich schickte den Mann, der mir am geistig fittesten schien, mit einer Frau zurück in den Park, um Hilfe zu holen. Mit den anderen verlagerten wir den Verletzten vorsichtig von der Straße und ich bat den blutverschmierten ersten „Helfer", die Motorräder zur Seite zu stellen. Nach einer gefühlten Ewigkeit kam endlich die Ambulanz oder zumindest so etwas Ähnliches. Sie versorgten den Verletzten notdürftig und nahmen ihn mit, wobei kein Platz war für eine Begleitperson. Sie teilten uns mit, wir sollten auf die Polizei warten und dann ins Spital nach Flagstaff kommen. Der Verletzte, Jason, sei jedoch nicht mehr in Lebensgefahr. Die Polizei kam nach zirka weiteren zehn Minuten und alle gaben zu Protokoll, was nötig war. Da es sich gemäß den Aussagen und auch gemäß den Spuren um einen selbst verursachten Unfall mit einem Hasen handelte, war die Sache für die Polizei erledigt. Der blutverschmierte erste „Helfer", Devon, und der andere, der Hilfe geholt hatte, Jim, fanden, sie seien fahrtüchtig. Die beiden Frauen Sue und Nicole nahmen jedoch das Angebot gern an, in meinem Wagen nach Flagstaff zu fahren. Jasons Motorrad, obwohl fast ohne Kratzer, ließen wir am Straßenrand unter einem Busch mit einer Plane darüber stehen.

Auf der Fahrt erzählten mir die zwei Frauen, dass sie aus L.A. wären und einen Roadtrip durch den Westen geplant hatten, bevor sie eine neue Stelle suchen wollten. Das nächste Ziel wäre Las Vegas und von dort aus wollten sie nach San Francisco weiterfahren. Die Motorräder hätten sich die zwei Brüder Jason und Devon erst vor einem Monat gekauft. Jim fuhr bereits seit langem Motorrad – was immer das heißen mochte. Jedenfalls fuhren die beiden mit den Motorrädern hinter uns her und nach einer knappen Stunde hatten wir Flagstaff erreicht und konnten das kleine Spital finden. Jason wurde noch operiert, so warteten wir gemeinsam im Aufenthaltsraum des Spitals, bis uns ein Arzt erklärte, dass der Knochen stabilisiert wurde und die Wunde vernäht sei. „Ihr habt sehr gut reagiert. Das hätte bei dem Blutverlust schnell zum Tod führen können. Es wird aber dennoch mehrere Wochen dauern, bis sein Bein wieder belastet werden kann. Allenfalls wird später eine weitere Operation nötig sein, um das Bein zu richten."

Da Jason noch nicht aufgewacht war und Ruhe benötigte, blieb nur Devon im Spital und wir fuhren in die Stadt, um ein Hotel zu suchen. Ich hatte vor, an diesem Tag auch nicht mehr weiterzuziehen, da bereits Nachmittag war und ich mich erschöpft fühlte. Sie baten mich, am Abend ebenfalls zurück zum Spital zu kommen, damit auch Jason mich kennenlernen und sich bedanken könne.

Jason unterschied sich kaum vom Ton des weißen Lakens und wirkte so erschöpft, dass ich staunte, dass er die Augen öffnete und ein Lächeln zustande brachte. Er bedankte sich herzlich bei mir, was auch die anderen unter Umarmungen nochmals taten. Alle dankten mir und vor allem auch Gott, was mich recht erstaunte.

Nach dem Besuch gingen wir alle fünf zurück in die Stadt und verabredeten uns zum Abendessen. Wir hatten alle seit dem Frühstück nichts mehr gegessen und trotz allem Erlebten waren wir hungrig. Devon teilte uns bei einem Bier mit, dass sein Bruder Jason nie mehr auf ein Motorrad steigen wolle und dass ihre Schwester auf dem Weg sei, sich um Jason zu kümmern und ihn nach L.A. zu fahren, sobald er transportfähig sei. Bis dahin sollte Devon sich um alles kümmern. Jim fragte mich, ob ich Motorrad fahren könne und allenfalls zusammen mit ihm Jasons Motorrad in die Stadt zurückfahren könne. So fuhren wir am nächsten Tag zum Unfallort zurück auf Jims Harley und nach einer gründlichen Inspektion fuhr ich Jasons Harley in Richtung Flagstaff zurück. Kurz vor Flagstaff machten wir einen kurzen Halt, um etwas Kleines zu essen. „Jim, was sind denn nun genau eure Pläne? Es scheint, dass wir ohnehin den gleichen Weg einschlagen über Las Vegas nach San Francisco. Mir würde es sehr zusagen, mit euch auf dem Motorrad ein Stück weiterzuziehen, und ihr könnt das Motorrad in Las Vegas sicherlich teurer verkaufen als hier in der Pampa. Aber ich will mich auf keinen Fall aufdrängen. Ich hätte nicht einmal zu fragen gewagt, wenn ihr gestern nicht auch in diese Richtung Andeutungen gemacht hättet." „Gern, sofort – wo kann ich unterschreiben?", fragte Jim mit einem Lachen und klopfte mir an den Oberarm. „Aber sicher nicht nur bis Las Vegas. Du kannst gern bis L.A. mit dem Motorrad fahren und auch gerne mit uns. Klappt es, ist es gut, und sonst können wir auch gewisse Strecken getrennt fahren. Vielleicht bleibst du ja auch in San Francisco oder irgendwo länger. Ich glaube nicht, dass uns allen das Geld noch wochenlang reichen wird." Ich denke, es war Jim sehr recht, eine neue Formatierung in ihrem Quintett zu haben, respektive verstand ich, dass Jason und Jim Freunde waren und er zu Devon den weniger guten Draht hatte. Im Hotel hatte ich gefragt, ob sie für mich eine Einstellmöglichkeit wüssten. Am Ende des Abends hatte ich jedoch den Impala dem Hotelbesitzer verkauft – zu genau dem Preis, den ich in Denver dafür bezahlt hatte. Danke, Bruderherz! Ebenfalls meinte der Hotelbesitzer, ich könne ihm den Wagen auf der Rückreise auch wieder abkaufen, wenn ich wolle und er ihn noch habe.

So gingen wir noch dreimal Jason besuchen, bevor es auf dem Motorrad weiterging. Lara fand beim nächsten Telefongespräch meinen Einsatz bewundernswert und musste sich dennoch hörbar überwinden, wegen des Motorrads nichts zu sagen. Sie bat mich lediglich, gut auf mich aufzupassen, was ich ihr gern versprach.

7. Durch die Prärie bei Nacht

Das Gefühl, auf der Harley in Richtung Westen loszufahren, war unbeschreiblich schön. Es war erstaunlich, wie viele Worte es brauchte, um ein komplexes Gefühl zu umschreiben, ohne dass dies je ganz befriedigend gelingen konnte. Vermutlich machte auch dies die Schönheit von Gefühlen aus. Freiheit, Unabhängigkeit, Geschwindigkeit, neue Freunde, eine neue Erfahrung, Ferien, Abschluss, Ungewissheit, Abenteuer und über allem eine große Liebe, die auch noch sehr neu war, die gleichzeitig Schmerz durch den Abschied, Freude auf das Wiedersehen, Stolz und Respekt einem Menschen gegenüber verursachte – all das mochte vielleicht gerade einmal ein Zehntel der Bestandteile dieses Gefühls beschreiben. Und doch war es einfach nur ein Gefühl, das diesen Moment perfekt machte. Wir fuhren auf der legendären Route 66 in Richtung Las Vegas. Um uns war nichts außer Asphalt, verbranntes Wiesenland, leichte Hügel und tiefe, dunkle Büsche. Obwohl die Landschaft kaum je von diesem Muster abwich, konnte ich nicht genug davon bekommen. Irgendwann befürchtete ich, wir könnten zu früh an unserem Ziel ankommen, da ich am liebsten auch die ganze Nacht hindurch weitergefahren wäre. Bereits in Hackberry gab es jedoch eine ausgiebige Trinkpause. Auch diese genoss ich in vollen Zügen unter all den anderen Motorradfahrern, die sich da angesammelt hatten. Nach etwa einer Stunde begann ich mir zu sagen, dass es eben nicht darum ging, so weit als möglich zu fahren, sondern den Moment und die Menschen, die man traf, kennenzulernen. Nach zwei Stunden begann ich mich zu fragen, ob wir an diesem Tag noch je aus Hackberry rauskämen, da die anderen vier soffen und kifften, als gäbe es kein Morgen. Nach drei Stunden resignierte ich und zwang mich, einfach abzuwarten und zu schauen, wie es sich weiterentwickeln würde. Immerhin war dies mein erster Tag als „Roady" unterwegs und so sollte ich mich an das Tempo der anderen anpassen. Schlussendlich ging die Sonne fast unter, als wir auf die Motorräder stiegen. Ich fand dies sehr verantwortungslos, doch ich konnte nicht gut an meinem ersten Tag den Moralapostel spielen. So folgte ich den beiden Motorrädern in einem sicheren Abstand und ich musste zugeben, dass man, zumindest von hinten, nicht bemerkte, dass der Zustand der Fahrer nicht mehr der beste war. Und mein Wunsch ging somit in Erfüllung, in die Nacht hinein zu fahren. Eine knappe Stunde später stellten wir unsere Motorräder vor einem Motel in Kingman ab. Die vier waren froh, dass ich bereit war, allein ein Zimmer zu nehmen, damit sie sich den Preis eines Zimmers durch vier teilen konnten. Ich hatte nicht den Eindruck, dass die vier noch ausrücken wollten, so ging ich später auf eigene Faust etwas essen und noch zwei Bier trinken. Als ich zurückkam, klopfte es an meiner Tür. Es war Jim und wir holten uns nochmals ein paar Biere und setzten uns in den kleinen Garten des Motels und redeten über das Leben und die Welt bis in die Morgenstunden.

Im grellen Nachmittag in Las Vegas einzufahren war nicht ganz so aufregend, wie ich mir diese Ankunft vorgestellt hatte. Die Sonne blendete stark und der Asphalt war im Stau dermaßen heiß, dass ich mich auf der Harley sehr zusammenreißen musste. Devon, der Einzige von uns, der bereits früher einmal in Las Vegas gewesen war, lotste uns einmal quer durch die ganze Stadt zu einem Hotel, das so schrecklich heruntergekommen aussah, dass wir uns schnell einig waren, ein anderes zu nehmen. Wir waren die letzte Stunde an mindestens fünfzig Hotels vorbeigefahren, von denen jedes besser ausgesehen und mit günstigen Angeboten Werbung gemacht hatte. Obwohl wir alle zum Umfallen müde und durchgekocht waren, stiegen wir also nochmals auf und fuhren eine Viertelstunde zurück. Als wir ein passendes Hotel mit Parkplätzen für die Motorräder gefunden hatten, rannten alle unter die Duschen ihrer Zimmer. Ich gönnte mir wieder ein Einzelzimmer, wobei ich noch immer nicht sicher war, nach welchem System die anderen vier die Betteneinteilung vornahmen. Nach einer kalten Dusche und einer Stunde Schlaf trafen wir uns bei untergehender Sonne in der Lobby und gingen von da aus in eine Bar mit Gartenterrasse. Devon machte uns darauf aufmerksam, dass man in den Casinos superfein und fast gratis essen konnte, was wir mit viel Applaus und großem Gelächter quittierten. Der Arme musste einiges wegen seiner Hotelempfehlung einstecken und auch ich hielt mich nicht zu sehr zurück. Dass es in Las Vegas fast geschenktes Essen gab, konnte sich wirklich keiner von uns vorstellen. Aber Devon sollte recht behalten. In einem der größeren Casinos gab es zuhinterst, nach allen Spieltischen und „Einarmigen Banditen", das größte Buffet, das ich in meinem Leben je gesehen hatte. Davon konnte man für fünf Dollar so viel essen, wie man wollte. Wie war so etwas möglich? Das Fleisch hatte nicht gerade die Qualität eines T-Bone-Steaks, aber bei dem Preis konnte man dies auch nicht erwarten.

Fast zwei Stunden später hatten wir unser Festmahl beendet, was drei Angestellte mit Augenverdrehen quittierten.

Während Jim und Devon direkt zum Poker gingen, hielt ich mich erst mal an die „Einarmigen Banditen". Einerseits hatte ich keine Ahnung von Poker oder Roulette und die Spielautomaten waren für mich so legendär, dass ich mich wie ein Kind auf diese freute. Nach vielem Verlust und vielem Gewinn zog ich etwas umher. Wir wechselten auch zwei Mal das Casino und ich blieb immer den Spielautomaten treu. Irgendwann kam Jim mit Sue zu mir rüber und sagte, sie hätten genug verloren und wollten schlafen gehen. Devon und Nicole waren noch voll im Spielfieber und ich hoffte, dass er nicht den allerletzten Cent verspielen würde. Ich hatte keine Lust, die zwei bis L.A. durchzufüttern, nur weil sich Devon nicht im Griff hatte.

Jedenfalls ging ich auch meine Pappbecher voller Quarters einlösen und hatte am Ende einen Gewinn von achtzig Dollar erzielt, was einen wirklich spannenden und lustigen Abend abrundete. „Abend" war etwas untertrieben, da es inzwischen bereits vier Uhr morgens war. Ich konnte mir nicht erklären, wie die Zeit derart schnell vorübergehen konnte. Auf dem Weg zurück zum Hotel kamen wir an einem Westernladen vorbei, der tatsächlich noch offen hatte, und so investierte ich meinen Gewinn in das erste Paar

Bluejeans in meinem Leben und in ein wunderschönes Paar Stiefel. Der Verkäufer wollte mir die teuren Echsenstiefel verkaufen, mit Fußspitzen wie das Ende einer Schlange und mit glänzenden Beschlägen. Ich fand jedoch dunkles Rindsleder mit abgeflachten Spitzen passender für mich und stand mit dem Resultat zufrieden vor dem Spiegel. Bei dem Alkoholpegel hätte ich vielleicht alles toll gefunden, war mir aber ziemlich sicher, dass mir mein neues Outfit auch noch am nächsten Tag gefallen würde. Ich stand immer noch leicht schwankend vor dem Spiegel, als Sue mir von der Seite mit der vollen Hand in den Schritt griff und krächzte, sie wolle die Erste sein, die diese Beule wieder auspacke. Vor Schreck trat mir der Schweiß auf die Stirn. Ich befand mich im Dilemma. Einerseits erkannte ich erst in diesem Moment, wie sehr mich diese Frau anwiderte mit ihrer vulgären Art, mit ihrem abgelebten Gesicht, mit ihrer mangelnden Körperhygiene und ihren doofen Sprüchen. Auf der anderen Seite war ich mir bewusst, dass sie nie damit rechnete, dass irgendein männliches Wesen jemals ihr klares Angebot ablehnen könnte. Ich wollte sie ja nicht vor den Kopf stoßen, aber nie im Leben würde ich sie auf mein Zimmer nehmen. Ich blickte mich hilfesuchend nach Jim um, der sich wohl großzügig verdrückt hatte, um uns nicht im Weg zu sein. So sagte ich zu Sue, dass mich ihr Angebot sehr freue, dass ich aber in eine Frau in Telluride verliebt sei und ich kein Interesse hätte. Während es mich schmerzte, Laras und meine Liebe als Ausrede in einer solch hässlichen Situation zu verwenden, begann Sue erst zu lachen, dann zu kreischen, dann zu fluchen und fragte mich dann, ob ich schwul sei. Sie hätte schon etliche Schwule auf den richtigen Weg gebracht. Dies wurde mir dann doch zu abstoßend und ich ging ohne ein weiteres Wort zurück ins Hotel auf mein Zimmer – dies hellwach und in einem Tempo, bei dem Sue nicht mithalten konnte.

Ich konnte sehr lange nicht einschlafen und fand auch danach keinen erholsamen Schlaf. Nach einer kalten Dusche war ich aber wieder recht munter und im Rückblick auch etwas stolz auf mich, nicht dass ich das „tolle" Angebot abgelehnt hatte, sondern einfach, dass ich in der Situation ich selbst geblieben war. Ich ging hinunter und gönnte mir ein herrliches Frühstück mit Speck und Eiern.

Irgendwann kam Jim zu mir an den Tisch und bestellte auch Frühstück. An seinem Lächeln erkannte ich, dass wohl Sue zu ihm zurück ins Zimmer gegangen war und ausgerufen hatte. Es war allerdings ein sehr freundliches, freundschaftliches Lächeln und er fragte mich: „Ist es wahr, dass du auf Männer stehst?" Ich fand die Frage, so wie er sie gestellt hatte, sehr nett. Ebenfalls ging mir durch den Kopf, ob er wohl diesbezüglich je Erfahrungen gesammelt hatte. Ich hätte mich daran nicht gestört. Jeder Mensch sollte auf seine Art glücklich werden, so lange niemand darunter leidet.

„Nein, Jim, ich bin nicht schwul. Ich mag die Freundschaft unter Männern sehr und verbringe, glaube ich, sogar lieber Zeit mit Männern als mit Frauen. Meistens, denn ich habe in Telluride die Frau meines Lebens gefunden. Es vergeht kaum ein Moment, an dem ich nicht an sie denke, und möchte mit ihr den Rest meines Lebens verbringen. Zumindest ist dies meine Hoffnung. Ich möchte meine Reise nach Westen fortfahren und beenden, weil ich mir sicher bin, dass ich dabei viel Neues kennenlernen kann. Würde ich aber auf mein Herz hören, würde ich in einer Minute auf dem Motorrad sitzen und ohne eine Pause zurück nach Telluride fahren. Na ja, tanken müsste ich wohl von Zeit zu Zeit." Wir lachten. „Ich habe dies gestern auch Sue sehr kurz erklärt und könnte mich schlagen, etwas so Schönes missbraucht zu haben, um Sues Angebot abzulehnen. Sag den anderen bitte nicht mehr zu viel darüber. Es ist mir auch egal, wenn Sue mich für schwul hält. Immerhin muss ich dann keine weiteren Avancen abwehren." Jim schmunzelte und meinte, er würde mich sehr um eine solche Frau und eine so große Liebe beneiden. Für ihn wäre es wohl etwas zu spät, nach allem, was er durchgemacht und ausprobiert habe. Er sei wohl einfach zu abgestumpft, um solche Gefühle zu erleben oder sich ein traditionelles Leben mit einer Frau vorstellen zu können. Jim war wirklich ein guter und auch sehr schöner Mann und ich hätte ihn in diesem Moment gern umarmt – als Freund.

8. Verschiedene Welten treffen aufeinander

Ich hatte inzwischen erkannt, dass Jim mehr als froh war, dass ich zu ihrem Team gestoßen war und dass er ohne einen Ersatz für Jason wohl allein weitergereist wäre. Jim war konstant zwischen mir und Devon, Nicole und Sue hin- und hergerissen. Letztere war doch so etwas wie seine Freundin. Diesen Mittelpunkt zwischen den Polen hatte sich Jim sehr bewusst ausgesucht und er pendelte mal auf die eine, mal auf die andere Seite, weniger wie es im gefiel, als mehr wohin sein Zustand ihn trieb. Ich hatte das Gefühl, dass es Jim nicht gut ging und dass er psychisch etwas instabil war. Soweit ich verstanden hatte, verbrachte Jim eine ganz normale Kindheit, war in der Schule sehr gut und sein Vater verdiente gutes Geld. Jim absolvierte locker die Highschool, ging aufs College, das er am Schluss aber nur mit Ach und Krach bestand. Die Universität musste er bald abbrechen. Seiner Schilderung nach, da er die Universität und alles, wofür sie stand, abstoßend fand. Ich vermutete jedoch, es waren eher der geregelte Betrieb und die vielen Pflichten, mit denen Jim nicht mehr zurechtkam. Nun verdiente er sein Geld als Motorradmechaniker, was seiner großen Leidenschaft entsprach. Er lernte viele gleichgesinnte Menschen kennen, konnte ihnen mit den Motorrädern helfen, verdiente dabei nicht schlecht und konnte sich seine Arbeitszeit selber einteilen. Und doch war es ein großer Bruch mit seinem bisherigen Leben gewesen und wohl auch mit sämtlichen Freuden aus dieser Zeit. Er schleppte eine Leere mit sich herum, die, schien mir, nichts auf der Welt hätte ausfüllen können. Was uns verband, war das Gefühl, dass sich mit dem Beginn des Jahrzehnts allen Menschen neue Möglichkeiten boten, sich ihnen eine neue Welt offenbarte, unabhängig jeglicher Vergangenheit oder Konformität. Wir waren beide auf der Suche, ohne dass sich uns diese Welt bisher in irgendeiner konkreten Weise gezeigt hätte. Man erhielt alle Möglichkeiten und Freiheiten, einer neuen Bestimmung zu folgen, doch es war zum Verzweifeln, da niemand wusste, wie diese aussehen könnte. Wir konnten weiter versuchen, diese Bestimmung zu finden, oder sie ignorieren und einfach die Möglichkeiten und Freiheiten genießen. Ich tendierte eher zu Ersterem, Jim zu Zweiterem. Befriedigend war keines. Ich hatte lediglich das Glück, dass meine Liebe zu Lara dies alles in den Schatten stellte.

Da sich nach dem Frühstück herausgestellt hatte, dass Devon auch einen kleinen Gewinn erzielen konnte, blieben wir noch zwei Tage in Las Vegas und ließen es uns gut gehen. Am Ende hatten wir etwas mehr ausgegeben, als wenn wir einfach für alles reguläre Preise bezahlt hätten. Es war aber eine tolle, unbeschwerte Zeit.

Als wir gerade die Harleys für die Weiterreise am Bepacken waren, kam ein offensichtlich verwirrter, alter Mann zu uns mit einem Kreuz in der Hand: „Ihr Kinder, tut Buße für die Sünden, die ihr in dieser gottlosen Stadt begangen habt. Gott sieht alles und ihr werdet nie den Himmel erreichen, wenn ihr nicht auf den Knien bereut, dass ihr seine Gebote gebrochen habt ..." Ich durfte Jim nicht ansehen, sonst hätten wir uns totgelacht wegen meiner verpassten Sünden. Das wollte ich Sue aber nicht antun und dem verwirrten Kerl auch nicht. Er wäre es zwar vermutlich gewohnt gewesen. Nicole hingegen trat ihm entgegen wie von der Tarantel gestochen und schrie: „Steck dir dein Kreuz in den Arsch und deine Scheißreligion sonst wohin! Du falscher, alter Sack. Leute wie du haben lange genug Wasser gepredigt und Wein gesoffen, bis das Hirn nur noch Matsch war. Jetzt sind wir an der Reihe und mit uns kommt ein neues Zeitalter ohne diesen alten Scheiß. Wir sind frei und alle gleich und brauchen niemanden mehr, der uns hinterherläuft und Schuld einreden will!" Der Alte zog weiter und wir starteten in einen sehr schönen Tag. Die beiden hallten auf der Weiterfahrt noch lange in meinem Kopf nach.

Es gab so vieles zu suchen, so viele Fragen und zu viele falsche Antworten. Ich wollte nicht mehr darüber diskutieren. Ich hatte genug von Weltanschauungen, übernatürlichen Erscheinungen auf dem Drogentrip und wollte nicht mehr hören, dass mit dem Auslaufen des Zeitalters der Fische alles besser werden würde und die Menschheit in Liebe aufginge. Es war leicht, sich einzureden, dass wir genau zur richtigen Zeit lebten, um einen großen Wandel miterleben und gestalten zu dürfen. Im Kleinen, im Zusammenleben sah ich diesen Wandel, aber musste es gleich wieder eine neue Formation der Gestirne sein? Die Religionen waren menschengemacht und was immer kommen sollte, würde auch von Menschen gemacht sein. Ich glaubte es einfach nicht. Ich glaubte nicht, dass sich die Menschheit je ändern würde. Im Song „Imagine" besang John Lennon eine Welt ohne Religionen und konsequenterweise auch ohne Länder und Grenzen, ohne Hunger, ohne Macht und ohne Besitz. Ich war mir sicher, dies widerstrebte zutiefst dem Wesen des Menschen.

Ich glaubte nicht, dass, solange es Menschen gäbe, wir je in die Nähe dieses Ideals kommen würden. Ohne Strukturen wäre sich jeder selbst der Nächste und wir würden im Chaos versinken. John Lennon sang auch davon, dass es über uns dann nur den blauen Himmel geben würde, allenfalls die Unendlichkeit, aber kein Versprechen für ein Leben nach dem Tod. Dabei kam mir meine Mutter in den Sinn. Ich konnte mich noch gut erinnern, wie sie gestrahlt hatte, als sie mir vor Jahren bei einer Geografieprüfung geholfen hatte. Es ging um das Universum, dessen Größe und mögliche Entstehung. Ganz glücklich meinte sie, sie habe sich als Mädchen immer gefragt, wie denn im Himmel so viele Menschen Platz haben sollten, und nun sehe sie, dass unendlich Platz vorhanden sei – ein Himmel, groß genug für alle, die je gestorben waren und noch sterben würden. Etwa gleichzeitig oder eher noch früher kamen ich und meine Geschwister aber auch mit anderem Wissen nach Hause – Wissen, das die Kirche und damit auch den Himmel meiner Mutter ins Wanken brachte – Wissen über eine Geschichte voller Machtwahn, Folter, Tod, Gier, Inquisition, Eroberung, Abschlachtung, Völkervernichtung, eine Geschichte voller Schmerzen, Angst und Unterdrückung. Eine Geschichte, in der selten jemand seine Macht nicht missbraucht hatte im Namen Jesu und Gottes. Eine Welt, in der Jesus und Gott den absoluten Wahrheits- und

Wissensanspruch für wenige zementiert haben sollten.

So gesehen konnte ich Nicoles Ausbruch verstehen, so heftig er auch war. Ich war mir nicht sicher, wie wir in Zukunft Kontakt mit dem Kosmos, dem Überweltlichen oder wie immer man Gott nennen wollte, aufnehmen sollten. Ich war aber auch nicht bereit, diese große Bürde der letzten Hunderten von Jahren, ja Tausenden von Jahren, weiterzutragen.

Nach Las Vegas fuhren wir durchs Death Valley, was seinem Namen gerecht wurde. Es war brennend heiß und ich hatte Mühe, bei dem Flimmern über dem Asphalt die Geschwindigkeit den Sichtverhältnissen anzupassen. Mehr als einmal hatte ich das Gefühl, uns käme ein Truck entgegen, wo nichts war, andererseits sah man plötzlich Autos mitten auf der Straße aus dem Nichts auf einen zurasen. Ich hatte Angst, unsere Motorräder würden schlappmachen, was zum Glück nicht der Fall war. So unvorstellbar die Hitze war, so trocken war sie auch, sodass es auf dem Motorrad zwar mehr ein Durchhalten als ein Genuss war und dennoch war es bei Weitem nicht unerträglich und auf jeden Fall faszinierend. Wir besichtigten den tiefsten Punkt des Tales, welcher etliches unter dem Meeresspiegel lag, und fanden später ein kleines Restaurant, wo wir etwas trinken konnten. Auf dem Weg nach Westen löste sich das Tal des Todes in einer Prärielandschaft auf, welche mir doch um einiges sympathischer war. Während ich vorher in der kargen Prärie die Wälder vermisste, schien mir die Prärie nun üppig und freundlich, was sicherlich auch daran lag, dass es langsam Abend wurde. Da hinter Bishop bis zum Yosemite National Park nicht mehr viel auf der Landkarte zu erkennen war, nahmen wir uns ein Motelzimmer. Vor dem Nachtessen rief ich Lara an, wobei das Telefonat eine mir unbekannte Frauenstimme entgegennahm, die sich jedoch sehr über meinen Anruf zu freuen schien und mich sehr herzlich begrüßte. Wie sich herausstelle, war Elena am Telefon, Laras Mutter. „Ich wollte schon länger einmal wieder Lara besuchen. Da mein Mann Joe für mehrere Tage nach Denver gefahren ist, habe ich die Gelegenheit benutzt, endlich etwas Zeit mit meiner Tochter allein zu verbringen. Wir haben es so schön zusammen und sie hat mir auch erzählt, dass sie dich kennengelernt hat und dass du auf der Weiterreise in Richtung Westen bist." Sie erzählte mir, dass es Lara sehr gut ginge und sie Lara seit sehr Langem, oder noch gar nie, so glücklich erlebt hätte. Ihre Stimme begann dabei zu stocken. Sie sagte, noch bevor sie das Telefonat beendete, dass sie mich sehr gern einmal kennenlernen würde und dass sie Lara ausrichten werde, dass ich angerufen habe. Sie wünschte mir eine gute Weiterreise und ich solle auf mich aufpassen. Ich spazierte danach vom Motel weg einfach in Richtung Prärie und genoss den Sonnenuntergang und dachte an Lara und Elena. Ich liebte Lara so sehr und ich liebte auch ihre Eltern, ohne dass ich sie je getroffen hatte. Nach allem, was ich wusste, hatten sie das Herz am rechten Fleck, waren tolerant und offen, immer wieder für Lara da und suchten keine Schuld, sondern Auswege. So fühlte ich mich bei Ihnen geborgen, obwohl ich eben gerade die ersten Worte mit Elena gewechselt hatte.

Zurück in Bishop genoss ich mit den andern gemeinsam ein feines Abendessen, wobei Nicole und Sue sich konstant beschwerten, in was für einem Drecknest wir hier gelandet wären. „Gott, ist das öde hier! Stattdessen könnten wir noch immer in Las Vegas sein, es lustig haben, tanzen gehen und feiern!" „Ja, echt, Männer, dieser Umweg in die Pampa ist mörderisch. Und das für einen National Park – da beginnt dann die Megapampa, oder was? Wofür? Damit ihr euch zwischen den Bären wie richtige Männer fühlen könnt? Ich glaube, da ist bei dem einen oder anderen von euch eh Hopfen und Malz verloren!" Darauf folgte ein hysterisches Gelächter der beiden mit Blick auf mich. „Ich bin sicher, Jason amüsiert sich mit seinem gebrochenen Bein noch besser als wir hier!" „Echt, Jim, das ist der letzte National Park, das letzte Monument oder weiß der Geier was auf dieser

Reise!" Ich ärgerte mich sehr über die beiden und hatte deutlich Mühe, halbwegs gelassen zu klingen. „Wegen mir braucht ihr nicht in den Yosemite Park zu kommen. Wir können uns hier trennen und in San Francisco wieder treffen oder auch gar nicht mehr sehen. Jason kann mir einfach mitteilen, wann und wo er sein Motorrad wieder haben will. Ja, wir haben unterschiedliche Interessen, es ist nicht nötig, dass sich jemand zu etwas gezwungen sieht. Ich freue mich schon sehr lange auf den Yosemite und vermisse weder Tanz noch Casinos." Die Stimmung blieb schlecht, daher verabschiedete ich mich direkt nach dem Essen. Jim meinte, sie würden am Morgen auch in den Park fahren und dort entscheiden, wie es weiterginge. Die Strecke sei kein großer Umweg und die Straßen und das Panorama sollen wunderschön sein.

Am nächsten Morgen nahm ich genüsslich erneut ein ordentliches Frühstück ein. Ich hatte Zeit genug, da ich meist ein bis zwei Stunden vor den anderen auf war, zudem aßen sie wenig oder gar kein Frühstück, was kein Grund war, nicht ein komplettes Frühstück zu bestellen. Bald einmal müsste ich mir allerdings auch angewöhnen, nicht alle Mahlzeiten aufzuessen oder vielleicht Mahlzeiten auszulassen, sonst würde mein Bauch sich irgendwann nicht mehr über Nacht in die Ursprungsform zurückverwandeln. Nach dem Frühstück saß ich vor dem Motel beim Lesen einer anfangs amüsanten Lokalzeitung, deren Lokalprobleme mich für eine Stunde unterhalten konnten. Als es aber bald Mittag wurde, ging ich dennoch an eine der Zimmertüren klopfen, da die Fahrt in den Park und auch im Park selbst nicht kurz war. Es lohnte sich, genügend Zeit einzuplanen für die Fahrt und auch um bei den Aussichtspunkten Halt zu machen. Nach einer Weile erschien Nicole im Türrahmen mit einem blauen Auge und noch in den Kleidern vom Vortag, stank zum Himmel und sah noch schlimmer aus, als ich es mir hätte vorstellen können. Sie wankte, ohne ein Wort zu sagen, zurück ins Zimmer, wo es noch ärger stank. Devon, Jim und Sue lagen auf den Betten oder auf dem Boden dazwischen. Überall lagen leere Flaschen, Kleider und Abfall. Die farbenfrohen Flecken auf dem Teppich, vermutete ich, waren Erbrochenes. Keiner war wirklich ansprechbar. Ich konnte es nicht verstehen, insbesondere nicht von Jim. Wieder draußen überlegte ich kurz, ob ich fahren sollte, und beschloss, einen Tag länger zu bleiben, die in der Lokalzeitung vorgestellte Fotoausstellung zu besuchen und den Ort noch näher zu erkunden. Der Motelbesitzer fragte mich, was denn nun mit den beiden anderen Zimmern sei, und ich antwortete nur, dass ich nicht direkt zu den vieren gehöre und er sich selbst durchschlagen müsse. Ich hatte keinerlei Interesse, für diese Schweinerei meinen Kopf hinzuhalten, und ich war mir bewusst, dass es wohl auch nicht die letzte sein würde. Ebenfalls musste ich mir eingestehen, dass dies nicht meiner Vorstellung eines Abenteuers oder meines Roadtrips entsprach. Auch wenn es interessant war, Menschen mit anderen Werten, anderem Hintergrund und anderen Interessen kennenzulernen, hatte ich dennoch keine Lust, mit diesem destruktiven Quartett übers Land zu fahren und mich schämen zu müssen. Bereits in Flagstaff musste ich teilweise erfahren, wie es sich anfühlte, als Nichtsnutz wahrgenommen zu werden. Die Polizei erzählte mir, dass Motorradfahrer im Grand Canyon Nationalpark oder generell in den Nationalparks keine gern gesehenen Gäste seien, da sie keinerlei Rücksicht auf Natur, Tiere und Touristen nähmen und keinerlei Respekt für irgendetwas aufbrächten. Sie würden wie Schwärme durch die Parks rasen, Lärm und Unsicherheit verursachen und Abfallberge in der Natur zurücklassen. Damals war ich allerdings noch davon ausgegangen, dass es sich bei diesen Schilderungen um Übertreibungen und Vorurteile handelte.

So ging ich mir die Fotoausstellung über Ansel Adams anschauen, den ich damals noch für einen lokalen Fotografen hielt, der wunderschöne Fotos in kontrastreichem Schwarzweiß gemacht hatte. Eines der eindrücklichsten Fotos wurde auch ganz in der Nähe geschossen, in Lone Pine – wir mussten gestern daran vorbeigefahren sein. Erst später im Yosemite Park erkannte ich, dass Ansel Adams weltbekannt war und als einer der weltbesten Landschaftsfotografen gefeiert wurde. Ich wusste nicht, ob ich das in der Ausstellung verpasst hatte oder ob man dieses Detail verschwieg, vor allem, dass er kein lokaler Künstler war.

Da ich jedenfalls das starke Bedürfnis hatte, Natur und Schönheit zu genießen, beschloss ich, vor dem Abendessen nach Lone Pine zu fahren und den Ausschnitt aus Ansel Adams Foto vor Ort noch einmal zu genießen. So setzte ich mich etwas außerhalb des Ortes unter einen niedrigen Baum auf meine Decke und genoss einfach den wunderschönen Anblick der Sierra Nevada. Neben Lara und vielem anderem dachte ich vor allem an meine Eltern. Es war erstaunlich, dass mir im ersten Augenblick kaum etwas aus dem Leben meiner Eltern einfiel, zumindest nichts aus der Zeit, bevor wir eine Familie waren. Ich hatte beide sehr lieb gehabt und hatte großen Respekt für sie, doch wer waren diese beiden Menschen gewesen? Hatten sie auch einmal unter einem Baum gesessen und über das Leben nachgedacht? Ich musste mir ihre Lebensgeschichte in Gedanken zusammenfügen wie ein Puzzle.

9. Helden und Dämonen

Ich wusste nicht viel über die Herkunft meines Vaters. Was Martha wusste, hatte sie mir in Colorado Springs erzählt. Die Mutter meines Vaters war kurz nach dem Ersten Weltkrieg aus Skandinavien in die USA eingereist – als Witwe und schwanger. Martha wusste nichts über ihren Mann – ob er wirklich gestorben war, allenfalls sogar im Krieg, oder ob meine Großmutter sonst in eine missliche Lage geraten war. Warum zog sie es vor, dermaßen weit weg von ihrer Heimat zu ziehen? Jedenfalls war sie nicht mittellos, denn sie eröffnete kurz nach ihrer Ankunft in Denver ein kleines Nähatelier mit einer Angestellten, die zuerst im Atelier half und später auch im Haushalt, als mein Vater geboren wurde. Nicht viel später nach der Geburt erkrankte sie jedoch sehr schwer und starb, als mein Vater ein Jahr alt war. Seine Mutter hatte Vorkehrungen getroffen und vermutlich sein kleines Erbe dafür eingesetzt, dass er nicht in eines der berüchtigten Kinderheime kam, sondern in einer Schwesterngemeinschaft aufgezogen und später auch unterrichtet wurde. Wieso sich mein Vater zusammen mit zwei Freunden entschieden hatte, dem Militär beizutreten, wusste ich nicht genau. Nach dem Zweiten Weltkrieg und den Atombomben auf Japan war wohl niemand davon ausgegangen, dass die USA so bald wieder in einen Krieg verwickelt werden könnten. Jedenfalls genoss er eine Ausbildung zum Mechaniker und hatte, soweit ich wusste, eine glückliche Zeit verbracht. Diese glückliche Zeit endete jedoch rasch, als er mit dreißig Jahren nach Korea versetzt wurde, wo er nicht nur als Mechaniker im Einsatz war, sondern sehr schnell auch im Stellungskrieg an der Front zum Einsatz kam. Nach zwei Jahren Korea war er so gebrochen, dass er nicht mehr wusste, wer er war. Ein Nachbar half ihm, in Denver eine Stelle zu finden. In einer Mittagspause lernte er meine Mutter kennen, als er auf einer Bank vor der Fabrik saß und sein Sandwich aß. Es war für beide die große Liebe und der Anfang einer erneut sehr glücklichen Zeit. Erst mit dem Älterwerden von uns Kindern verfiel unser Vater in Angstzustände, in denen ihm kaum zu helfen war, am wenigsten im Militärspital, wo er als Psycho und Simulant gebrandmarkt wurde. Er hatte nie viel über seine Zeit in Korea gesprochen. Soweit ich wusste, auch nicht mit unserer Mutter. Zeitweise aber war er nächtelang mit sich und dem Erlebten am Ringen. Ich wusste über die Gräueltaten und Geschehnisse in Korea mehr aus den spärlichen Zeitungsartikeln, die es dazu gab, denn von unserem Vater selber. Später erkrankte unsere Mutter schwer an Krebs, wofür er sich die Schuld gab. Vermutlich empfand er das Ende seines Glückes als gerechte Strafe für das Leid, das er im Krieg andern antun musste. So oder so war es schrecklich, den geliebten Menschen so an Krebs leiden zu sehen. Irgendwann kam der Tag, als die Polizei bei uns zu Hause vorbeikam, während meine Mutter und ich mit dem Abendessen auf Vater warteten. Sie teilten uns mit, dass es im Werk einen schweren Unfall gegeben habe und unser Vater verstorben sei. An einen Unfall hatte von Anfang an kaum jemand geglaubt, auch wenn sich niemand vorstellen konnte, dass sich jemand auf so schreckliche Weise umbringen würde. Er musste etwa eine halbe Minute Höllenqualen erlitten haben. Ich ging davon aus, dass er damit die Monster in sich loswerden wollte. Vielleicht ging er gar davon aus, dass er so die Krankheit von meiner Mutter nehmen könne. Mein Vater war ein einfacher und guter Mensch, der keiner Fliege je etwas zuleide tun wollte, und ich war sehr stolz auf ihn. War es böse, einen Mitmenschen im Krieg oder in Notwehr zu töten? War es böse, einen Menschen in den Krieg zu senden? Durfte man stehlen, um nicht zu verhungern? Durfte man jemanden verhungern lassen, wenn dafür eine Familie eine Woche länger lebte? War es böse, Mitarbeitenden den Lohn zu senken, um die Firma am Leben zu halten? War es böse, deutlich mehr zu verdienen und weniger zu leisten als die Arbeitskollegen, die keine Pflichtstelle der Gewerkschaft vermittelt bekamen? Wie viel durfte eine Firma der Umwelt schaden, um Arbeitsplätze zu retten? War es böse, jemandem in Lethargie zu helfen, wenn dieser dadurch noch träger wurde und sich gehen ließ?

Was war gut? War es gut zu helfen, wenn man dabei daran dachte, was man zurückbekam? War es gut zu helfen, wenn man sich anschließend über die Last beklagte? War es besser zu helfen, wenn man dies sehr gern tat oder besser, wenn es einem eigentlich zuwider war? War es gut, einem Drogenabhängigen Geld zu geben, auch wenn er sich damit Drogen kaufte?

Ich wünschte mir sehr, in einer Welt zu leben, in der Gut und Böse einfach zu unterscheiden waren. Doch das Leben war kein Kinderbuch, kein Märchen und keine Comicgeschichte. Und wenn es so einfach wäre, würde ausgerechnet ich genügend Mut aufbringen und selbstlos gegen das Böse und für die Freiheit und Unversehrtheit der Menschen kämpfen? Ich wusste es nicht, hoffte es aber. Und doch, so komplex war unsere Welt auch wieder nicht. Ich hatte viele Menschen gesehen, die von anderen unterdrückt wurden, in der Schule, am Arbeitsplatz oder in der Nachbarschaft. Ich hatte mich immer gefragt, wieso diese Menschen dies über sich ergehen ließen. Teilweise hatte ich es nicht länger mitansehen können und mich eingemischt. Langfristig hatte dies jedoch nie einen anhaltenden Effekt. Vielleicht war es sogar so, dass durch meine Einmischung die Unterdrückung an den Tagen darauf umso größer war. Das Gute und das Böse der Menschen hielten sich die Waage wie Yin und Yang. Extrem Bösem stand unendlich selbstlose Liebe gegenüber. Neben dem Bösen strahlte das Gute hervor wie die Sierra Nevada hinter dem schwarzen Hügel auf dem Foto von Ansel Adams. Je schlimmer die Zeiten durch Krieg und Not waren, umso stärker stach das Gute hervor und vermochte alles zu überstrahlen und den Menschen Hoffnung zu geben.

Zurück in Bishop nahmen wir wieder alle gemeinsam das Abendessen ein, ohne dass viel geredet wurde. Ihr Absturz war kein Thema, aber die Gesichter waren noch immer gezeichnet, und sie sahen sehr blass aus. Ich erzählte kurz von meinem Tag, um überhaupt ein Gesprächsthema zu finden anstelle des peinlichen Schweigens. Zumindest Jim schien sich für Ansel Adams zu interessieren. Die Gedanken der anderen konnte ich nicht erkennen. Ich wusste nicht, wie doof und einfältig sie mich fanden oder ob sie im Nachhinein auch froh gewesen wären, etwas zurückhaltender gewesen zu sein. Ich wusste nicht, ob sie stolz auf ihre Nacht waren oder sich vorgenommen hatten, dass es nächstens nicht wieder so ausarten sollte. Ich hoffte vor allem, dass sie die Schweinerei aufgeräumt hatten und nicht alles so zurückließen. „Habt ihr euch entschieden, ob ihr morgen auch in den Yosemite Park fahren oder noch einen Tag in Bishop bleiben wollt?" Ich formulierte die Frage nochmals so offen, um ihnen alle Möglichkeiten zu lassen und um auch klarzumachen, dass ich so oder so morgen in den Park weiterfahren würde. „Wir haben es besprochen und fahren morgen auch weiter in den Park. Wir wissen noch nicht, wie lange wir bleiben werden, bevor es nach San Francisco weitergeht. Devon meinte, Bekannte aus Los Angeles wollten auch für eine Woche in den Park fahren. Wir werden es davon abhängig machen." Damit war zumindest offensichtlich, dass wir im Park keine Zeit mehr zusammen verbringen würden und die Weiterfahrt bis San Francisco oder Los Angeles offenblieb. „Wir können gern morgen zusammen in den Park fahren und uns da trennen oder aufteilen. Vielleicht trefft ihr eure Freunde und ich möchte ohnehin etwas wandern gehen und die Naturwunder anschauen, die ich auf den Bildern von Ansel Adams gesehen habe." Betty sah kurz zu Sue rüber, welche ihren Blick nicht erwiderte. Da Betty auf eine weitere Mimik verzichtete, wusste ich noch immer nicht, was in den Köpfen vor sich ging. Andererseits hatten sie dies ja am Vorabend deutlich gesagt und es war definitiv nicht davon auszugehen, dass sie gern mit mir im Yosemite wandern gehen würden. Ich fand alleine schon den Gedanken zum Schmunzeln.

Wie geplant, trennten wir uns während der Fahrt im Park mit einem Winken, als eine Abzweigung zu einem der größeren Campingplätze wegführte. Da sie recht zielstrebig unterwegs waren, ging ich davon aus, dass sie wussten, auf welchem Platz sich ihre Kollegen befinden würden. Ich fuhr zuerst einmal ins Village, um mir eine Übersicht zu verschaffen, und erhielt schlussendlich nur noch auf dem gleichen Zeltplatz wie Jim und die anderen einen Platz am Rand zugewiesen. Die noch freien Zeltplätze weiter außerhalb waren nicht befahrbar oder bereits vergeben. So schlich ich mich fast auf meine Zeltstelle, soweit das mit einer Harley möglich war. Ich wollte nicht, dass es so aussehen könnte, als würde ich wieder Anschluss suchen. Die zentrale Anlage mitten im Park war ein sehr guter Ausgangspunkt und verfügte über alles, was man für einen längeren Aufenthalt brauchen konnte mit Restaurant, kleinem Laden, Duschen und Toiletten in der Umgebung. Ich war also mitten im Kuchen, mitten unter den Leuten auf einem überfüllten Zeltplatz und dennoch war ich überglücklich. Ich war im Yosemite National Park! Es war ein schwer zu beschreibendes Gefühl. Da war fast an erster Stelle Geborgenheit, gefolgt von Verbundenheit mit der Erhabenheit der Landschaft, der Natur, aber auch mit der Geschichte dieses Ortes. Ich war verbunden mit Amerika, mit dem Land, das solche Orte schützte, pflegte und den Menschen zugänglich machte. Aber am meisten blieb das Gefühl der Geborgenheit in diesem Tal, zwischen Bäumen, neben der mir zugewiesenen Feuerstelle in beeindruckend schöner Natur.

Ich verbrachte mehrere Tage, ohne Jim oder die anderen zu sehen. Vielleicht wäre ich ihnen sogar aus dem Weg gegangen, doch der Zufall wollte es, dass wir uns auf diesem kleinen Raum nie begegneten. Ich telefonierte täglich mit Lara. Ich schilderte ihr zuerst meine Erfahrungen mit unserer kleinen Motorradgruppe und das jähe Ende unserer gemeinsamen Fahrt. Ich erwartete kein Mitleid von Lara. Doch muss ich zugeben, war ich etwas überrascht, dass sie meine Schilderungen einerseits lustig fand und andererseits fand, dass dies für mich sehr wichtige Begegnungen wären. Sie merkte, dass ich etwas perplex war und fügte hinzu, dass wir beide sicherlich noch viele Jahre über diese Geschichten würden lachen können. Darum ginge es ja schließlich auf meiner Reise, die Vielfalt der

Menschen und die Vielfalt Amerikas kennenzulernen. Gleichwohl war ich froh, das Thema zu wechseln und von der Schönheit des Yosemite zu schwärmen und ihr zu schildern, dass ich mir jeden Abend in meinem Schlafsack unter meiner Armeeblache vorstellte, sie wäre bei mir.

Eines Abends nach meiner Wanderung zu den Nevada Falls war ich dabei, ein Feuer zu machen, um meinen Hamburger zu bräteln, als Jim mit Bier vorbeikam. Wir redeten über den Park, das Wetter, Zelte und die Motorräder, und er meinte, ich solle doch zu ihnen rüberkommen. Ich könne ja mein Abendessen mitnehmen. Sie hätten es wirklich sehr schön und friedlich zusammen. Also packte ich meine Sachen zusammen und briet meinen Burger am Feuer bei ihnen. Nach den Erfahrungen in Las Vegas setzte ich mich wohlweislich zwischen Jim und einen jungen Mann am Feuer, um nicht wieder in eine Zwickmühle zu geraten. Es war wirklich sehr friedlich; jemand spielte Gitarre und zwei Frauen sangen wunderschön Lieder von Joan Baez. Da mir der Ketchup von meinem Burger über die Finger zu laufen drohte, nahm ich zwei große Bisse und war gerade damit beschäftigt, diese in meinem Mund so zu kehren, dass ich noch kauen konnte, als mir der junge Mann neben mir sanft an die Schulter fasste. „Du musst langsam essen, um die Gaben der Natur besser würdigen zu können. Unsere Mutter Erde hat Jahre gebraucht, um dies alles zuzubereiten!" Ich sah ihn an. Er trug ein Wildlederoberteil, in dem er aussah wie ein kleiner Junge, der sich als Indianer verkleidete. Um die Lippen waren Reste von Barbecuesoße verschmiert und in der linken Hand hielt er einen Holzspieß mit einer Wurst. Offensichtlich eine der Würste, die man im kleinen Laden, keine Minute zu Fuß entfernt, im Zehnerpack kaufen konnte. Oder anders formuliert, hatte alles an ihm wirklich nur sehr, sehr entfernt mit Mutter Erde zu tun. Anscheinend hatte er meine Gedanken gelesen und leckte verlegen mit der Zunge über die Oberlippe und ließ den Spieß etwas sinken. Ich konnte gerade endlich schlucken, kurz bevor ich laut zu lachen anfing – laut und dann lauter und lauter, bis mir die Tränen kamen. Ich kippte vor Lachen über den Holzpflock, auf dem ich saß, nach hinten auf den Rücken und grölte nur noch und hatte keine Chance, wieder nach oben zu kommen. Immer noch lachend drehte ich mich auf die Seite und war gerade wieder im Begriff, aufzusitzen, als Jim leise zu mir meinte: „Ich glaube, es reicht jetzt, Rob!" Darauf musste ich wieder losprusten, darüber, dass er sich dieses eine Mal für mich schämen musste. Ich musste lachen – über alles Widersprüchliche der letzten Tage, dann über alles Widersprüchliche im Leben und am Schluss wusste ich gar nicht mehr wieso, aber ich konnte nicht aufhören zu lachen. Ich sah wieder den jungen Mann an und musste wieder loslachen, obwohl mich der Bauch inzwischen schmerzte und ich vor Tränen kaum noch etwas sehen konnte. Dieser arme, noch sehr naive Junge hier inmitten von Harleyfahrern. Dagegen war ich fast ein harter Kerl. Sue würde ihn sicherlich zum Abendessen verspeisen. Wieder auf den Beinen torkelte ich lachend zu meinem Lagerplatz zurück, noch immer den Hamburger in der linken Hand. Irgendwann hatte ich mich beruhigt und aß zu Ende. Ich hoffte, Jim ließ sich eine tolle Erklärung für meinen Anfall einfallen und der junge Mann nahm es nicht allzu persönlich.

Am nächsten Abend kam Jim nach dem Abendessen vorbei mit zwei Bieren. Ich entschuldigte mich für den Vorabend und wir redeten über dies und das. Nach einer Weile fragte ich ihn, welches Verhältnis er zu seinen Eltern habe und erklärte ihm, dass ich die letzten Tage zum Schluss gekommen war, dass ich meine Eltern als Menschen kaum gekannt hatte oder sie nie als Individuen wahrgenommen hatte. Ohne wirklich auf meine Frage einzugehen meinte er nur, dass es natürlich sei, die Eltern nicht in diesem Licht zu sehen. Er habe mit seinen Eltern schon so genügend Probleme. Das hätte ihm noch gefehlt, dass er sich Gedanken machen müsste, was in ihren kranken Hirnen vor sich ginge und wieso sie so wären, wie sie nun mal waren. Ich steuerte mein Sixpack Bier des Abends bei und wir redeten lange. Nachdem er gegangen war, lag ich hellwach in meinem Schlafsack und der Gedanke ließ mich dennoch nicht los. Die Beziehung zu meiner Mutter hatte sich in den letzten Jahren geändert von der Mutter zu einer guten Freundin und dann sehr bald auch zu jemandem, der meine Unterstützung brauchte. Obwohl ihr dies nie recht war, versuchte sie auch immer, die ersten beiden Rollen aufrechtzuerhalten.

Ich kannte das Umfeld meiner Mutter deutlich besser als jenes meines Vaters. Die Geschwister meiner Mutter kamen manchmal zu Besuch oder waren bei größeren Familienanlässen ein Teil von uns. Ich konnte mich sogar noch entfernt an meine Großmutter erinnern. Doch über ihre Kindheit und die Jugendzeit wusste ich wenig. Es lag wohl in der Natur des Menschen, dass er sich erst über das Leben der Eltern Gedanken zu machen begann, wenn er ins gleiche Alter oder in die gleichen Lebensumstände kam. Bei mir war dies recht spät eingetreten, wohl auch, weil ich mich so lange so geborgen gefühlt hatte zu Hause. Dieser Prozess hatte schlagartig mit der Krankheit meiner Mutter und noch viel mehr mit dem Tod meines Vaters begonnen.

Meine Mutter hatte eine sehr arbeitsame, aber glückliche Kindheit. Ihre Eltern waren Farmer mit etwas Vieh und einem kleinen Laden im Ort. In der Schule war sie sehr gut, ging dann aber, wie damals üblich, in die Fabrik arbeiten. Anfangs musste sie den ganzen Lohn zu Hause abgeben, später, bis zur Heirat, immer noch einen großen Teil davon. Die Farm sollte der Bruder, der Jüngste der Geschwister, erben. Die Vorstellung meiner Großeltern war sicherlich, dass ihm dabei meine Mutter ein Leben lang umsonst helfen würde. Aber die Zeiten hatten sich zum Glück geändert. Arbeit blieb aber ein großer Teil ihres Lebens, womit sie aber, glaube ich, auch nie haderte. Anfangs machte sie noch Heimarbeit, bis dies mit uns drei Kindern in der Familie nicht mehr ging. Ich konnte mich noch erinnern, dass meine Mutter einmal sehr zynisch fragte, ob wir meinten, sie hätte in unserem Alter keine Träume gehabt. Auch sie hätte von einem Filmstar geträumt, der sie wie ein Prinz errettet und in einem Mercedes Coupé nach Hollywood fährt. Ich war tatsächlich erstaunt, dass meine Mutter wusste, was ein Mercedes Coupé war. Der Grund ihrer Bemerkung war, glaubte ich auch, weil wir gejammert hatten, dass unsere Familie kein schönes Auto besaß. Ansonsten hatte es uns an nichts gefehlt, nie an Zuspruch und Unterstützung. Meine Mutter war immer selbstlos, fürsorglich und hilfsbereit und hatte sich ihr Leben lang um andere gesorgt. Ich hatte mich lange zermartert mit der Frage, was der Grund oder gar der Sinn vom jungen Tod einer derart guten, selbstlosen Frau sein konnte. Es war ganz einfach geschehen, einmal mehr, während gleichzeitig ganze Sonnensysteme ineinanderkrachten. Wen interessierte da mein Schmerz? Doch, es interessierte viele Menschen: meine Geschwister, meine Freunde, sogar die Eltern meiner Freunde, meine Verwandten und vielleicht Einzelne, die ich nicht einmal kannte. Dafür war ich sehr dankbar und vor allem war ich dankbar, dass ich mit meiner Mutter derart schöne Jahre verbringen durfte.

10. San Francisco

Ich verliebte mich in San Francisco, bevor ich es zum ersten Mal betreten hatte. Ich glaube, es war irgendwo zwischen dem zweitletzten und dem letzten Pfeilerturm der Bay Bridge. Ich fuhr auf der Spur ganz rechts und wurde langsamer und langsamer. Der Coit Tower auf einem grünen Hügel am Ende der Stadt hinter dem Financial District, die beeindruckenden, neuen Hochhäuser, die Hafenanlagen vor dem Embarcadero – dies alles schien mir so überblickbar, so idyllisch, so vertraut, dass ich am liebsten von der Brücke gesprungen und rübergeschwommen wäre. Ich wusste, dass die Stadt viel größer sein musste, aber dass eine derart große Stadt etwas so Kleines, Idyllisches zu bieten hatte, fand ich einfach ... heimelig. Und auch wenn ich in den nachfolgenden Tagen die ganze Stadt erkundete, ihre Größe, alle Schätze und die ganze Kultur der Stadt entdeckte, war mir nichts dermaßen lieb und vertraut geblieben wie dieser kleine Fleck um den Coit Tower. Ich verbrachte da oben fast jede Nacht die letzte Stunde des Tages und schaute über die Stadt, das Meer und die Bucht. Dieser kleine Fleck verband für mich gefühlt die ganze Geschichte Amerikas an einem Ort. Ich fand mich verbunden mit dem Geist von Seeleuten, Pelzjägern, Soldaten, Goldgräbern, Entdeckern, Reisenden, Erfindern, optimistischen Politikern, Managern und Indianerhäuptlingen – Frauen wie Männer. Manche hatten Erfolg und fanden, wonach sie gesucht hatten. Andere gingen hier zugrunde und fanden ein hoffentlich friedliches Grab. Es konnte mir einfach nicht verleiden.

Ich fand es sehr erstaunlich, dass die Stadt bezahlbar war. Ich hatte damit gerechnet, ein Apartment Meilen entfernt nehmen zu müssen, doch zu meinem Erstaunen hatte ich innerhalb von einem Tag ein kleines, einfaches Apartment über der Chestnut Street gefunden. Na ja, es war mehr ein Zimmer als ein Apartment und die ruhelose Mittvierzigerin Sophia hatte, glaube ich, dermaßen den Narren an mir gefressen, dass sie vermutlich mit dem Preis etwas runterging, bevor ich danach gefragt hatte. Aber etwas Glück und Sympathie schadete ja nie im Leben und ich konnte ihr in den folgenden Tagen auch das eine oder andere am Haus helfen, sodass wir bald ein eingespieltes, glückliches Team waren.

Anfangs fand ich es nervig, auf jedem Platz, an jeder Ecke von unzähligen Menschen angesprochen zu werden. Mit der Zeit war mir dies jedoch sehr angenehm und ich begann selbst jeden anzusprechen, der mir sympathisch war und etwas Zeit zu haben schien. Wenn man nicht gerade durch den Financial District spazierte, schien mir, hatten in dieser Stadt alle Zeit. Wie konnte es sein, dass jeder Platz der Stadt zu fast jeder Tageszeit mit Leuten voll war? Hatten diese alle nichts zu tun oder wovon lebten sie? Jedenfalls lernte ich durch die Gespräche sehr viel über die Stadt und deren Menschen. Tatsächlich schien hier die ganze Welt zusammengekommen zu sein. Alle mochten mich und es war sehr einfach, alle gern zu haben – es war ansteckend! Mein erstes wirklich interessantes Gespräch war mit einem Indianer, der mich auf die Situation der Stämme der Ureinwohner aufmerksam machen wollte. Da ich eine tiefe Zuneigung zu den Indianern, den Ureinwohnern unseres Landes, empfand, verbrachte ich den ganzen Nachmittag mit ihm und erfuhr sehr vieles über seine Familiensituation und die Situation der Ureinwohner in San Francisco und im ganzen Land. Er erzählte mir von der Besetzung von Little Big Horn, bei welcher er leider nicht dabei sein konnte, und von der Besetzung von Alcatraz und der kulturellen Bewegung, die sie von da aus gestartet hatten. „Alcatraz ist für uns ein sehr passender Ort. Ein Stück Erde voller Leiden und

Gefangenschaft, eine Art letzte Bastion und Insel unserer Kultur. Während wir früher gemeinsam mit den Tieren und der ganzen Mutter Natur das Land bedeckt hatten, sind uns nur noch verlorene Flecken im Meer der sogenannten Zivilisation übriggeblieben." Seine Geschichte erinnerte mich an die Geschichte von Laras „Heaven", einer guten Idee, einem geflüsterten Traum, der von zu vielen erhört und überrannt wurde, bis zwar alle da waren, die man gerufen hatte, diese aber alles begruben, was den Traum ausgemacht hatte. Jedenfalls mussten sie Alcatraz wieder räumen, so wie Lara auch fliehen musste. Die Stadt wollte die Insel zwar nicht räumen, hatte jedoch die Zufuhr von Wasser und Elektrizität unterbrochen.

So lernte ich in den folgenden Tagen nicht nur vieles über die Situation der Indianer, sondern auch über die Situation der Homosexuellen, der Schwarzen, der Frauen und der Prostituierten im Speziellen. Ich diskutierte mit Menschen mehrerer asiatischer Länder, die ich irgendwann nicht mehr genau unterscheiden konnte. Darüber hinaus waren, wie zu erwarten war, sehr viele Menschen auf der Suche nach dem Sinn des Lebens und nach Liebe. Der Mangel an beidem wurde, schien mir, oft mit Drogen kompensiert.

Bei all diesen Diskussionen war ich jedoch erschrocken über die Geschehnisse in Vietnam und Kambodscha. Ich traf einige Männer, die erst dieses Jahr aus dem Krieg zurückgekehrt waren.

Sie bestätigten, wie alle Rückkehrer, dass der Krieg vermutlich noch schlimmer war als der Koreakrieg zwanzig Jahre vorher. Ich stellte gar fest, dass der Vietnamkrieg die Menschen so erschütterte, dass viele nicht einmal mehr wussten, dass es einen Koreakrieg gegeben hatte. Brauchte wirklich jede Generation ihren Krieg? Würde dies ewig so weitergehen? Sollte ich mit Lara je Kinder haben, würden diese ebenfalls in den Krieg ziehen? Oder würde es gar auf amerikanischem Boden wieder Krieg geben? Alle sorgten sich schlussendlich um die Soldaten und die meisten sahen sich selbst als Patrioten – ob nun konservative oder liberale. Der endlich seitens Amerika beendete Krieg in Vietnam wurde aber mit jeglicher weiterer Lebensansicht kombiniert. Es gab zum Beispiel die Veteranen, die für Amerika, gegen den Krieg, gegen Homosexuelle, für Schwarze, gegen Asiaten, für die Selbstbestimmung der Frau und noch mehr für Prostitution und weiter gegen subventionierten Wohnungsbau, gegen die Ureinwohner und für Suppenküchen und in hohem Grad für die Kirchen waren. So gab es jede weitere der hunderttausend Kombinationen, die man aus allen Interessensgruppen formen konnte. Und jeder war überzeugt, genau den richtigen Mix gefunden zu haben.

Jede der erwähnten kulturellen, ethnischen oder Interessengruppen schien dazu auch noch ihre eigene Musik zu haben und mir schien, dass alle

Gruppen ihre besten Musiker nach San Francisco entsandt hatten, sodass das Leben in San Francisco ein einziger Tanz, ein einziges Konzert war. Man konnte sich überall hinsetzen mit einem Bier und einfach der ganzen Welt zuschauen und eben zuhören.

Ich dachte sehr viel an Lara und überlegte mir, ob sie denn nie in San Francisco gewesen war. Auch hier musste man seinen Lebensunterhalt verdienen, auch hier war das Leben nicht nur eine Party. Aber die Einstellung all dieser jungen Menschen war so beeindruckend und mit vielen von ihnen stimmte ich in ihren Ansichten überein. Ich fand eine große Wertschätzung der Erde, der Natur, dem Land unserer Vorfahren gegenüber, jedoch ein großes Misstrauen sämtlichen Traditionen, den komplexen Wirtschaftszweigen und der Politik gegenüber. Es war eine unbeschreibliche Freiheit, es war wie ein neuer Anfang, ein Punkt null. Wieso setzte sie dieses „Heaven" in die Wüste, wieso mit diesem Mann, wieso hatte sie einen so abgeschiedenen Weg gewählt, wenn hier alles so einfach und wunderschön war? Ich hatte ein langes Gespräch mit ihr kurz nach meiner Ankunft, in dem ich nicht mehr aus dem Schwärmen kam. Sie ging nicht groß darauf ein. Ich hatte aber den Eindruck, dass sie San Francisco kannte und nicht unbedingt wiedersehen wollte. Ich versicherte ihr, dass über aller Lebenslust und über allen Entdeckungen meine unerschütterliche Liebe zu ihr stand und ich sie sehr vermissen würde und heim zu ihr nach Telluride kommen würde.

Einmal ging ich frühmorgens vom Coit Tower nach Hause, nachdem die letzte feiernde Gruppe abgezogen war und fand Sophia mit einem Glas Wein auf ihrer Veranda vor. Sie sagte mir, sie könne nicht schlafen und ich schwärmte vom Coit Tower. Als sie mir erklärte, sie sei seit Jahren nicht mehr da oben gewesen, holten wir noch ein Glas und eine weitere Flasche Wein und setzten uns auf die Treppe vor dem Turm und schwatzten bis zum ersten Sonnenstrahl am Morgen. Sophia erzählte mir aus ihrem Leben und wie sich San Francisco entwickelt hatte. Sie fand sehr schöne Worte für dieses Gefühl, diesen Gap zur Vergangenheit, diese Knospen neuen Lebens. Anstatt nach Hause zu gehen, führte mich Sophia zu Mama's am Washington Square, dem schönsten Ort der Welt, um zu frühstücken. Ich hatte das Gefühl, hier nicht einen Ersatz für meine Eltern, aber eine neue Familie gefunden zu haben mit Sophia und Frances und Michael, die das Mama's führten.

Ich hatte noch nie zuvor das Gefühl, der Menschheit so nahe zu sein, so viel über die Menschen zu wissen über ihre Wünsche, Sehnsüchte und auch Ängste. So viele Menschen strauchelten nach vorne. Das Leben floss nicht dahin, sondern viele mussten dabei Hügel, Berge und sich selbst überwinden. Es war mein Ziel dieser Reise gewesen, einen weiteren Blickwinkel zu erhalten. Plötzlich kam es mir vor, ich sehe das Leben der Menschen, ihre Vergangenheit und oft auch ihre Gedanken. Ich hatte, ohne es zu bemerken, eine ganze Dimension dazuerlangt.

11. Ein überraschender Besuch

Es war noch immer Sommer und ich war eigentlich noch nicht lange in Frisco, doch es schien mir, dass ich schon immer ein Teil der Stadt war, ein Teil dieser Menschen hier. Ich hatte den Eindruck, dass ich noch immer der Robert war, der im Februar in Denver losgefahren war, doch meine Wahrnehmung hatte sich verändert. Ich war sehr glücklich, außer dass ich mir nichts mehr wünschte, als endlich Lara wiederzusehen. Ich war gerade am Abwaschen, als es klingelte. In meiner kleinen Wohnung war ich in drei Schritten an der Tür und ich hatte mir auch hier nie angewöhnt, zuerst zu fragen, wer davorstand. So öffnete ich und blickte in die Augen von Bill. Bill aus Colorado Springs. Er trat einen Schritt auf mich zu, öffnete die Arme und wir umarmten uns. Erst bei dieser festen Umarmung, die durch Mark und Bein ging, fiel mir auf, dass ich seit Telluride nie mehr eine so enge Berührung ausgetauscht hatte. Meine Gedanken flogen nochmals kurz zu Lara, doch ich zwang mich, meine Gedanken zu ordnen und Bill herzlich willkommen zu heißen. Wir standen noch immer recht eng umschlungen in der Tür und diese Umarmung ging langsam etwas zu lange. Da Bill keine Anstalten machte, sich zu lösen, trat ich einen Schritt zurück. Ich blickte in seine Augen und ich hatte mich nicht getäuscht, er hatte Tränen in den Augen und auf den Wangen. Sofort fühlte ich einen Stich im Herzen und befürchtete, Martha wäre schwer krank oder gar gestorben. Ich fragte ihn, was sei, und er entschuldigte sich für den Überfall und den Schrecken. Es war noch zu früh für ein Bier, so setzten wir uns auf die Veranda mit einer Tasse Tee. „Alles ist in Ordnung, Robert! Du hattest mich bereits in Colorado Springs, aber auch seither und besonders dank der Postkarte und den Briefen an mich und Martha, die ganzen Monate über beschäftigt, inspiriert und bewegt. Du warst kaum weg, als ich erst realisiert hatte, wie sehr ich dich vermisste. Aus einem kleinen Schmerz wurde eine große Sehnsucht und nach einer Weile musste ich mir eingestehen, dass ich dich liebte – über unsere Freundschaft hinaus. Ich konnte anfangs mit diesem Gefühl nicht umgehen und dieses einordnen. Ich hatte diese Gefühle den ganzen Frühsommer über im Herzen getragen und versucht, in meinem Kopf einzuordnen. Dein Brief mit den Nachrichten zu Lara hatte mich wieder auf den Boden zurückgebracht. Zuerst bin ich in ein riesiges Loch gefallen, doch ich konnte mich erstaunlich schnell wieder aufrappeln. Ich hatte zwar die ganzen Monate über einer Hoffnung nachgehangen, aber ich habe dabei auch mich selbst entdeckt und zu einer neuen Stärke und einem ungekannten Selbstbewusstsein gefunden. Deine Schilderungen über San Francisco und die Menschen haben mich schlussendlich erkennen lassen, dass es im Moment keinen besseren Ort für mich auf der Welt geben kann. So habe ich in Colorado Springs alles geordnet und bin losgefahren, um auf dem schnellsten Weg nach San Francisco zu kommen. Martha geht es bestens und sie lässt dich fest umarmen. Der halbe Kofferraum ist voll mit Esswaren für dich von ihr!" Wir mussten lachen, ich wurde aber schnell wieder ernst. „Wow! Ich meine, Entschuldigung, das sind jedenfalls viele schöne Neuigkeiten. Ich muss zugeben, ich bin sprachlos. Ich habe auch viel an dich gedacht. Du bist ein sehr feiner Mensch und deine Freundschaft bedeutet mir sehr viel. Ich hatte einfach nie darüber nachgedacht, du könntest homosexuell sein. Im Gegenteil, ich fand, du würdest bestimmt ein wundervoller Ehemann und Vater werden." „Ja, ich glaube, ich würde ein guter Vater sein und vermutlich könnte ich für eine gewisse Zeit auch ein guter Ehemann sein, aber das wäre nicht ich. Ich müsste mich immer verstellen, jemand anderen spielen. Ich werde für eine Frau nie so tiefe Gefühle empfinden können wie für einen Mann. Ich bin sicher, du verstehst, was ich meine. Dieses Gefühl, als wäre der andere ein Teil von einem selbst und dass man eher den eigenen Teil opfern möchte als den des anderen."

„Ja, ich verstehe, was du meinst. Wir spielen alle manchmal eine Rolle, im Berufsleben besonders, und gewisse Menschen spielen fast das ganze Leben lang nur eine Rolle wie eine Puppe, die innen drin völlig leer ist. Ich möchte dies nicht und bin froh, dass du dies auch nicht möchtest. Du bist schwul – darf man das im positiven Sinne sagen?" Er nickte mit einem Lächeln. „... Und das ist gut so. Ich wünsche dir, dass du einen Mann findest, mit dem du so glücklich wirst wie ich mit Lara!"

„Ich glaube, ich muss mich zuerst selbst finden, mich selbst definieren und entdecken, wie es sich anfühlt, voll und ganz zu sich selbst zu stehen, bevor ich an eine Beziehung denken kann. Aber ja, ich hoffe, ich werde die Liebe, den Mann meines Lebens, finden." „Apropos zu dir selbst stehen, seit wann weißt du wirklich, dass du schwul bist? Ich denke, das ist keine Erkenntnis, mit der man eines Morgens aufwacht?" „Ich weiß, dass ich schwul bin, seit ich diesen Ausdruck zum ersten Mal gehört habe und jemand mir die Bedeutung erklärt hat. Das ist nun etwa zehn Jahre her und war zum Glück fast deckungsgleich mit dem Anfang meiner Pubertät. In der Schule hat ein Junge erzählt, es gäbe Männer, die Liebe mit Männern machen würden, und dass die schwul seien und dass diese in den Städten leben würden. Von diesem Moment an war mir klar, dass ich auch ein Mann bin, der Männer attraktiver findet als Frauen. Für mich war das überhaupt nicht schlimm, es war mein kleines Geheimnis, das ich all die Jahre über mit niemandem geteilt habe. Es war für mich sogar sehr schön, auf eine Art speziell zu sein. In der Pubertät versucht jeder, sich zu finden und von den Kollegen zu differenzieren und gleichzeitig beginnt man zu wählen, zu welcher Gruppe Menschen man gehören möchte. So sollte es zumindest sein. Es gibt auch Menschen, die übernehmen einfach die Schablone ihrer Eltern und legen sie nie wieder ab. Meine Angst war mehr, dass ich mich im Schlaf verraten könnte. Ich träumte jede Nacht von Männern. Wenn ich auf der Straße einen schönen Mann sah, träumte ich von diesem in der folgenden Nacht und teilweise noch wochenlang. Irgendwann war die Pubertät vorbei und die heiße Traumphase auch", sagte er mit einem breiten Grinsen und verdrehte die Augen. Wir lachten beide. Ich konnte mich noch sehr gut an meine Träume in der Pubertät erinnern – Tagträume und Nachtträume. „Nur in einem habe ich mich sehr getäuscht. Ich dachte immer, dass ich betreffend Frauen und Familie die Wahl hätte. Ich dachte immer, ich könne problemlos eine Frau finden, die ich über alles liebe, und mit ihr eine Familie gründen und ein Leben lang glücklich sein. Diese Illusion habe ich tatsächlich erst in den letzten Monaten verloren. Ich kann mir gut vorstellen, diesen einen Menschen zu finden, der mir mehr am Herzen liegt als alles andere auf der Welt, aber es wird sicherlich ein Mann sein. Und wenn ich eine Frau heiraten würde, würde dies genauso lange gut gehen, bis mir dieser eine Mann begegnet. Und ja, Robert, ich habe seit dem Frühling lange gedacht, dass du dieser Mann sein könntest." Wir umarmten uns. „Ich liebe dich sehr, halt einfach nicht ganz so, wie du es dir vorgestellt hattest." „Ja, ja ..." und er boxte mich leicht, wieder mit einem Lachen, gegen den Bauch. Ich holte Bier und Sandwiches und wir saßen den ganzen Nachmittag auf der Terrasse und redeten.

Einerseits freute ich mich sehr für Bill und ich war wirklich aus tiefstem Herzen überglücklich, ihn zu sehen. Er war männlicher und erwachsener geworden, seit ich Colorado Springs verlassen hatte. Und doch hatte ich Angst um ihn. Er war aufgeregt wie ein junger Welpe und voller Entdeckungsdrang. Ich hatte ihm in meinem Brief San Francisco so beschrieben, wie ich es erlebt hatte und noch erlebte, und dies schien er auch so aufgenommen zu haben. Nichtsdestotrotz war die Stadt auch gefährlich und es gab nicht nur Liebe und Rock 'n' Roll, sondern auch Drogen und Kriminalität. Ich hatte keine Ahnung, was im Castro-Quartier so alles abging. Ich war bereits etliche Male die Castro Street auf und ab spaziert, nach welcher das Quartier benannt war. Auf den ersten Blick war es eine bis anhin unvorstellbare Welt. Männer schlenderten Hand in Hand die Straße entlang, küssten sich in aller Öffentlichkeit und trugen Kleider, die ihre Männlichkeit deutlich unterstrichen. Überall wurde geredet und gelacht. Am schönsten fand ich, dass diese Menschen fast jegliche Diskriminierung abgelegt hatten. Jeder war gleich, unabhängig von seiner Hautfarbe, seines Berufes oder Alters. Die Seitenstraßen wirkten jedoch weniger vertrauenerweckend und düster. Ich hatte keine Ahnung, was da alles vor sich ging. Plötzlich wurde ich mir einer Verantwortung bewusst, die ich mir nicht hatte aufladen wollen.

Und dennoch, es schien einfach perfekt zu sein. Er suchte eine kleine Wohnung und ich wusste, dass Sophia einen neuen Mieter für die Gartenwohnung suchte. Ich war mir sicher, einen besseren, sympathischeren und hilfsbereiteren Mieter würde sie in ganz San Francisco nicht finden können. So gingen wir gleich runter zu Sophia, was ein großes Hallo auslöste und in einem lustigen, feuchtfröhlichen Vorabend endete.

Am Abend zeigte ich Bill die Stadt und er wollte als Erstes ins Castro fahren. Wir gingen in eine Bar, wo wir beide sehr schnell aufgenommen wurden. Da alle davon ausgingen, dass wir ein Paar waren, wurde ich meistens in Ruhe gelassen und es war leichter, Bill im Auge zu behalten. Ich würde ihn garantiert nicht an seinem ersten Abend in San Francisco allein lassen, auch wenn er dies vielleicht nicht besonders schätzte. Um zwei Uhr morgens musste ich ihn mit aller Kraft losreißen und wir gingen nach Hause. Ich versprach ihm, dass ich ihn künftig nicht mehr bemuttern würde, aber er solle sich zuerst noch einen besseren Überblick verschaffen.

Zuerst kriegten wir Bill tagelang fast gar nicht mehr zu fassen, aber er schaute immerhin jeden Tag kurz vorbei. Irgendwann meinte Sophia zu ihm: „Du darfst auch gern Besucher mitbringen, wenn du einen netten Mann kennenlernen solltest. Dies ist schließlich kein Mädchenpensionat hier und wir sind alle nicht verklemmt – höchstens ein bisschen neugierig." So sahen wir morgens immer wieder andere Männer aus dem Garten schleichen und amüsierten uns köstlich darüber. Manchmal, vor allem an Sonntagen, brachte er sie zum Brunch mit oder lud uns bei sich ein. Es waren wirklich sehr schöne, geerdete, natürliche Männer und ich fragte Sophia eines Abends: „Wo findet er bloß jede Nacht wieder ein neues dieser Exemplare? Und sie werden tatsächlich mit jedem Versuch sympathischer." Sophia lachte aus voller Kehle und schalt mich einen Narren. Sie sah mir mit hochgezogenen Brauen in die Augen. „Siehst du tatsächlich nicht, dass er nach zwei Wochen kurz davor ist, die perfekte Kopie von dir, dein Ebenbild, zu finden?" Ich wurde rot wie noch nie im Leben. Ich schämte mich für meine Blindheit. Oder aber ich hatte die Möglichkeit einfach verdrängt. Sophie fand das wiederum süß, so umarmten wir uns zuerst und lachten dann wieder.

12. Fertig geträumt!

Ich schaute in den blaugrauen Himmel. Ich konnte mich nicht erinnern, wie lange schon. Hatte ich die Augen bereits offen, als ich noch schlief? Ich spürte den frisch geschnittenen Rasen unter mir. Ansonsten gab es nur eine angenehme Leere. Keine Leere, in die man hineinfallen könnte, sondern die Art von Leere, die man sonst nur mit sehr langem Meditieren erreichen kann. Angeblich zumindest – ich hatte es nie versucht und daher auch nie erreicht. Es gab Momente in meinem Leben, in denen ich mich genau an diese Stelle in genau diese Situation in genau diesen Zustand gewünscht hatte. Und doch wurde mir diese Leere, je länger sie anhielt, bereits nach wenigen Minuten unangenehm. Keine Gedanken, keine Reue, kein schlechtes Gewissen, kein Hunger, keine Lust, keine Sorgen – nichts. Nein, ich hatte keine Drogen genommen und hatte am Vorabend nur einen sehr angenehmen Alkoholpegel. Marihuana hatte mir ohnehin nur dunkle Dämonen geschickt, die mich bloßgestellt, blamiert, verängstigt und gejagt hatten. Da verzichtete ich noch so gern auf all den Kram. Jim schien unter Drogen Unglaubliches zu erleben, zu erfahren und zu sehen. Wirklich beschreiben konnte er diese Erkenntnisse jedoch auch nicht. Wir waren sehr unterschiedlich, auch wenn uns etwas verband, was noch viel schwerer zu beschreiben war. Woher kamen diese Unterschiede? Vermutlich von der Art, wie wir aufwuchsen oder einfach von unseren unterschiedlichen Familien her.

Ich fragte mich, wie es meiner Schwester und meinem Bruder ging. Was würden sie denken, wenn sie mich hier auf der Wiese sehen würden, am Morgen nach einem Konzert? Ich wollte in Zukunft wieder etwas mehr Kontakt zu ihnen suchen. Sie waren ausgezogen und hatten Familien gegründet, während ich noch mit meinen Kollegen Denver unsicher gemacht hatte oder über das Wochenende hoch nach Conifer gefahren war. Ich war an einem anderen Punkt im Leben und meine Geschwister hatten wohl genügend mit ihrem Leben, ihrer Familie oder ihrem Job zu tun. Ein regelmäßiger Austausch hatte sich irgendwie nicht aufgedrängt. Wir verstanden und mochten uns trotzdem sehr. Ich wusste nicht, was sie von mir dachten. Vom Jüngsten wurde nicht so viel Pflicht erwartet wie von den Älteren. Sie würden sich vermutlich denken, dass ich irgendwann erwachsen werden müsste und dass dies kein einfacher Prozess werden könnte. Ich wollte nie erwachsen sein im Sinne davon, dass ich einfach das Leben meiner Eltern übernahm. Ich hatte auf meiner Reise die Liebe meines Lebens gefunden. Obwohl ich mich die letzten Wochen jeden Tag nach Lara verzehrt hatte und sie unendlich vermisste, war ich weitergezogen, nur um meine Reise abzuschließen, nur um sicherzugehen, dass ich nicht zu unbedacht ein Leben wählte, mich nicht aus Bequemlichkeit für ein Leben entschied, das von meinen Eltern, meinem Umfeld, vom Fernsehen oder jemand anderem vorgegeben wäre. Ich konnte auch nicht aus meiner Welt springen, wollte Amerika nicht verlassen und doch wollte ich wenigstens meinen Horizont etwas weiter öffnen und andere Lebenseinstellungen finden. Vor allem wollte ich mich selbst kennenlernen. Ich wollte wissen, wer ich noch sein könnte. Paradoxerweise spürte ich, dass ich nichts mehr wollte, als mit Lara zusammen zu sein, mit ihr eine Familie zu gründen, einen Platz in unserem Freundes- und Bekanntenkreis zu haben und einer Arbeit nachzugehen, die mich befriedigte. Ich war mir durchaus bewusst, dass dieses Lebensbild nur gerade eine kleine Nuance neben dem meiner Eltern und Geschwister lag. Der Wunsch war wohl gar derselbe. Was hatte ich erwartet? Dass es mich plötzlich nach Südamerika oder Afrika verschlug?

In Wirklichkeit war das Wichtigste dieser Reise, dass ich mich selbst kennengelernt hatte. Ich konnte meine Herkunft, das Leben meiner Eltern und Großeltern, das Land und die Geschichte in mir fühlen. Ich durfte in den letzten Monaten ausprobieren, was mir gefiel und was mir missfiel. Mein unstrukturiertes Leben auf dieser Reise war paradiesisch, aber gewiss nicht das Paradies. Was war schon das Paradies? Unter Bäumen zu liegen, genährt zu werden, sich zu lieben und auf nichts zu warten? Nichts zu tun oder nichts zu erwarten, war nicht mein Leben, dies wusste ich mit Sicherheit. Ich wollte lediglich einem Leben entkommen, das Glücksmomente kannte, aber grundsätzlich von einem riesigen unsichtbaren Grund aufgesogen wurde. Ein Grund, der so schwer war, so große Anziehungskraft besaß, dass man kaum je den Kopf davon erheben konnte. Ich wollte mitgerissen werden von einem Leben, das mich glücklich machte und weggerissen werden von Schwere, Angst und Schuld.

Meine Eltern hatten in den letzten Jahren erfahren, dass das ihnen vermittelte Weltbild nicht stimmen konnte. Und doch, dieses Schuldgefühl hatten sie niemals ablegen können. Es wurde ihnen in die Wiege gelegt und jeden Tag ihres Lebens gepflegt – in der Kirche, in der Schule, von den Eltern, den Nachbarn, dem Arbeitgeber und auch durch sie selbst. Wenn ich ehrlich war, fiel es auch mir schwer, mich von diesem Stein der

Schuld zu befreien. Ich hatte diesen bei meiner Geburt um den Hals gekriegt und seither war er nur gewachsen – mit dem ersten Schrei als Kleinkind, mit dem ersten Bissen Salat, den ich nicht essen wollte, mit dem ersten Verweilen auf dem Schulweg, mit der ersten schlechten Note, mit dem ersten defekten Fahrrad, mit einer Liebe, die ich nicht erwidern wollte oder sogar mit dem Angebot meines Arbeitgebers, das ich nicht annehmen wollte. In den letzten Monaten hatte ich den Stein kleingehämmert, abgefräst und er war sehr viel leichter geworden und an Abenden wie gestern war er plötzlich weg – war nie da gewesen. Ich konnte über den Rasen rennen und feststellen, dass nichts mich halten konnte, dass ich über Büsche springen, über Häuser, über Wälder und Berge fliegen konnte. Am nächsten Morgen war der Stein wieder da, wieder ein Teil von mir. Seit ich ihn aber zeitweise loswerden konnte, seit ich ihn überhaupt sehen konnte, lebte es sich deutlich einfacher. Ich hatte immer die Ursache für meine Schuld bei anderen gesucht, dabei war es mein Stein, meine Vergangenheit, mein Schicksal, mein Leben.

„Rob? ... Robert?" Meine Gedanken kehrten zurück in das Hier und Jetzt und ich erkannte, dass jemand meinen Namen rief. Ich öffnete die Augen und sah Lara. Ich drehte den Kopf aus dem Licht, damit ich sie besser sehen konnte. Es war wirklich Lara! Ich konnte nicht glauben, dass sie es war. Ich setzte mich auf, sie kniete sich nieder und wir umarmten uns und ich wusste, dass alles gut war für uns, da und jetzt bis ins Universum und zurück. Egal ob dieser Moment für niemand sonst noch von Bedeutung war, für mich und für Lara war es der schönste Moment unseres Lebens. Während meine zittrigen Hände anfangs nur sachte ihren Rücken berührten, umarmten und küssten wir uns inzwischen so innig, als ob wir miteinander verschmelzen wollten. Ich wusste nicht, ob es nur meine oder unser beider Tränen waren, die meinen Bart tränkten; es spielte auch keine Rolle. Ich hatte keine Ahnung, wie lange dieser Moment dauerte, aber als ich mit meinen Händen Laras Haut suchte, löste sie sich leicht aus der Umarmung und schaute mich aus roten Augen mit einem Strahlen an. Mit einem leichten, wunderschönen Lachen flüsterte sie: „Es gibt sicherlich bessere Orte dafür."

Während wir meine Decke zusammenfalteten und unsere Sachen packten und zum Motorrad gingen, konnte ich keine Sekunde meinen Blick von ihr nehmen – zu schön und zu wichtig war, dass sie bei mir war. Ich hatte Angst, ich könnte es mir nur einbilden und vergewisserte mich wieder und wieder, dass dem nicht so war.

Lara hatte bereits den Großteil ihres Gepäcks in meinem kleinen Studio abgestellt, in welches sie Sophia gelassen hatte. Zu oft musste sich Sophia meine Schilderungen bei einem Glas Wein anhören, als dass sie Lara nicht auf den ersten Blick erkannt hätte. Es war auch Sophia, die ihr beschrieben hatte, wo sie mich allenfalls finden könnte.

Wir stopften daher einfach alles in die Satteltaschen und ich fuhr Lara an den kleinen Strand nördlich der Golden Gate. Die Golden Gate! Wie oft hatte ich die letzten Tage geträumt, mit Lara über die schönste Brücke der Welt nach Sausalito zu fahren. Nun, da es so weit war, konnte ich kaum ertragen, dass ich ihr während der Fahrt nicht in die Augen schauen konnte. Wir schmiegten uns einfach aneinander und genossen die Zweisamkeit, den Fahrtwind und die Landschaft, bis wir angekommen waren.

Wir verbrachten den ganzen Tag auf einer warmen Felsplatte unter den Bäumen am Meer. Lara sah mich von der Seite an und lächelte. „Du hast doch Jeremiah Johnson so faszinierend gefunden – nun siehst du genauso aus wie er, respektive wie Robert Redford im Film." „Sehe ich ungepflegt aus? Dann darfst du mir gern mit der Schere etwas Hilfe leisten, um den Bart und die Haare zu bändigen." „Du bist der Mann meiner Träume, egal wie lang deine Haare gerade sind. Es ist faszinierend, dich anzuschauen. Du bist nicht der genau gleiche Mensch, der Telluride verlassen hat. Oder ich bilde mir dies nur ein, weil ich weiß, was du in der Zwischenzeit alles erleben und entdecken durftest. Du siehst glücklich aus und strahlst eine große

Ruhe oder sogar einen Frieden mit der Welt aus. Ich bin dir nicht so weit nachgereist, um mich über irgendetwas zu beklagen. So oder so, ich liebe meinen wilden Bergmann – auch wenn wir nun am Meer sind." Wir sahen uns in die Augen und küssten uns wieder und wieder. Nach vielem Reden und Lieben waren wir uns am Abend noch bewusster, dass wir das ganze Leben miteinander verbringen würden – auch wenn keiner von uns das je bezweifelt hatte. Wir wollten eins sein und doch aus zwei Individuen bestehen, die genügend Luft und Freiraum hatten, sich zu entfalten und weiterzuentwickeln.

Lara hatte auf eine Einladung von mir gewartet, nach San Francisco zu kommen, während ich sie nicht drängen wollte oder nicht zu fragen gewagt hatte. Nachdem wir uns so lange vermisst hatten, waren alle Bedenken von ihr gefallen und sie wollte nur noch nach San Francisco kommen. Ebenfalls wollte sie Bill, Jim, Sophia und all die anderen Menschen kennenlernen, von denen ich ihr die letzten Wochen so viel erzählt hatte. Sie regelte in Telluride alles und nahm den kürzestmöglichen Weg nach Westen. Dafür war sie Tag und Nacht Bus gefahren, bis sie endlich hier war. Sie wusste, dass damit meine größte Hoffnung in Erfüllung gehen würde. Zu oft hatte ich sie angerufen und gesagt, dass ich sie vermisse und wie wenig mir dieser Weg allein nach Westen noch sinnvoll schien ohne sie an meiner Seite. Auch wenn ich mir sicher war, dass mir die wenigen Tage mit Jim und seiner Mini-Gang ein Leben lang in Erinnerung bleiben würden und ich doch auch hoffte, dass Jim seinen Weg finden würde und wir unsere Freundschaft noch vertiefen könnten, ich wollte einfach nur noch mit Lara zusammen sein und über unsere gemeinsame Zukunft reden. Besser noch, unsere gemeinsame Zukunft leben, mit jeder einzelnen Sekunde.

Auf dem Weg in die Stadt wollten wir kurz bei Jim vorbeischauen. Ich war mir nicht einmal sicher, ob er überhaupt noch in Frisco war. Er wollte während dieser Tage mit Sue weiterziehen.

Bereits in Sacramento hatte er mir erzählt, dass er in Frisco Freunde hätte, bei denen er unterkommen könne. Ich war automatisch davon ausgegangen, dass diese etwa vom Kaliber Devon seien. Umso mehr war ich dann erstaunt, dass es sich bei der Bleibe um ein wunderschönes viktorianisches Haus mit einem regelrechten Park darum an einer ruhigen kleinen Straßenkreuzung handelte. Man konnte bei seinem Freund und dessen Lebenspartnerin erkennen, dass sie über sehr viel Geld verfügen mussten. Dennoch war ich ernüchtert, als ich zu einer Gartenparty bei ihnen eingeladen war. Es waren sehr viele Leute da, von denen sich wohl die meisten flüchtig kannten. Ich hatte jedoch den Eindruck, dass niemand wirklich befreundet war oder viel über den andern wusste. Es wurde nur über Oberflächlichkeiten geredet.

Kaum hatte ich mit jemandem ein Gespräch begonnen, wandten sie sich mit Gekreische dem nächsten zu, der zur Tür hereinkam. Am Anfang hatte ich den Eindruck, dass ich die Leute einfach langweilte, bis ich feststellen musste, dass dies mit allen untereinander den ganzen Abend so weiterging. Es kamen fortlaufend Leute dazu und andere verabschiedeten sich wieder. Obwohl es ein wunderbares Buffet und Grillen eines Caterers gab, aß kaum jemand – umso mehr wurde dafür getrunken. Bald wurden Drogen umhergereicht oder Einzelne zogen sich in ein Zimmer zurück – ob nun für Drogen oder anderes, konnte ich nur erahnen. Ich hatte mir sehr vorgenommen, mich auf die Leute und deren Lebensstil einzulassen, doch an Menschen oder einem Leben war hier niemand interessiert. Enttäuscht und auch besorgt um Jim, verabschiedete ich mich bald und fuhr noch ans Meer, wo ich mich zwar sehr wohl, aber doch wieder allein gefühlt hatte.

Seither hatte ich Jim kaum mehr gesehen, freute mich aber nun darauf, ihn zu sehen und ihm endlich Lara vorstellen zu können. Je näher wir der Stadt kamen, umso klarer wurde mir, dass dies wohl endgültig ein Scheideweg für mich und Jim sein würde. Unsere Welten waren bereits in der Vergangenheit kaum irgendwo deckungsgleich, doch mit Lara an meiner Seite, schien mir dies noch offensichtlicher. So musste diese Begegnung wohl ein Kennenlernen und gleichzeitig auch ein

Abschied werden, was mich traurig stimmte. Vielleicht würde ja alles nicht so schlimm und wir verbrächten eine angenehme Zeit zusammen. Nicht allzu spät würden wir uns ohnehin wieder verabschieden in Richtung Chestnut Street.

Als ich den Hügel hochfuhr, sah ich von Weitem die blauen Lichter von Polizeiwagen blinken und überlegte als Erstes, dass die Villa wohl nach Drogen untersucht würde. Beim Näherkommen waren auch viele Leute aus der Nachbarschaft und ein Ambulanzwagen zu erkennen. Wir parkten die Harley eine Straße weiter, da wir gar nicht näher heranfahren konnten, und schlängelten uns den Weg zum Haus, wobei uns niemand aufhielt. Vor dem Haus sah ich Sue schluchzend auf einer Treppenmauer sitzen und ging zu ihr hin, Lara noch immer an der Hand. Als mich Sue erblickte, kam sie auf mich zu und klammerte sich weinend an mich und ich musste ihren gebrochenen Worten entnehmen, dass Jim gestorben war. Gerade als ich sie fragen wollte wie, kamen die Sanitäter mit einer zugedeckten Bahre die Treppe herunter und luden den Leichnam in den Ambulanzwagen. Es folgte eine lange Pause. Ich hörte Sue nicht mehr, die noch immer an mir hing. Ich sah Lara, konnte aber keine Gedanken fassen. Ich erkannte, dass Lara mit mir sprach, konnte aber nicht erkennen, was sie mir sagen wollte. Ich war wie weggetreten. Nach einer gefühlten Ewigkeit konnte ich mich endlich wieder fassen, Sue noch immer an meiner Brust und Lara an der Hand. Lara sagte mit Tränen in den Augen, wie unendlich leid es ihr tat und dass sie Jim gern kennengelernt hätte.

Wir saßen mit Sue, Devon und Nicole bei Mama's. Nach sechsunddreißig Stunden vertrug ich eine richtige Mahlzeit. Lara und ich hatten uns in der Zwischenzeit eher mit Kleinigkeiten ernährt, was nichts mit Jim zu tun hatte. Devon erklärte uns, dass Jims Vater nach San Francisco gekommen war, um den Leichnam mit einem Bestattungsinstitut nach Los Angeles zu überführen. Die Beisetzung im Familiengrab werde in den nächsten Tagen stattfinden. Der Vater wollte mit niemandem reden und habe indirekt die Schuld am Tod seines Sohnes Jason gegeben, was diesen ziemlich mitnahm. Wir berieten, ob wir an der Trauerfeier trotzdem teilnehmen sollten. Ich wollte sehr gerne Jim am Grab Lebewohl sagen, ihm für diese verrückte Zeit danken und ihm auch alles Gute wünschen auf seiner Reise in die ungewisse Unendlichkeit. Die anderen begannen bereits zu organisieren und waren sich einig, dass sie an der Trauerfeier oder der Beisetzung teilnehmen wollten. Sollten sie nicht zugelassen werden, würden sie anschließend eine eigene kleine Feier abhalten. Lara lehnte sich zu mir rüber und sprach in mein Ohr: „Ich weiß, dass du auch gehen möchtest, und ich werde dich begleiten – gern!" Ich sah ihr in die Augen und küsste sie. Es brauchte gar keine weiteren Worte. Ich wusste, dass sie alle meine Abwägungen kannte. Wir hatten meistens die gleichen Gedanken, nur dass Lara oft noch zwei, drei weitere hatte, die mir entgingen. Überraschend war für mich eher zum ersten Mal zu fühlen, dass wir nicht einfach nur zwei Verliebte waren, sondern ein Paar und wir in Zukunft auch als Paar funktionieren würden. Dies machte mich auf der einen Seite stolz, auf der anderen Seite erschreckte es mich ein klein wenig, weil es sich so „erwachsen" anfühlte. „Erwachsen" assoziierte ich mit verantwortungsvoll und weniger unbeschwert. Ich wollte einfach nicht, dass wir zu erwachsen würden oder sich deswegen unsere Beziehung ändern würde. Nur zur Beerdigung eines Kollegen zu gehen, fühlte sich plötzlich „erwachsener" an, als mir lieb war. Ich wollte kein Kindskopf sein, aber ich wollte mich einfach nicht plötzlich wie meine Eltern fühlen. Immerhin hatten wir noch zwei Tage Zeit, auf dem Weg nach Los Angeles etwas von der verpassten Gemeinsamkeit der letzten Wochen und Monate nachzuholen. Sicherlich würden wir die nächsten Tage als unsere Ferien ausgestalten und nicht als den Weg zu einer Beerdigung. Ferien war das falsche Wort. Es sollte einfach eine Zeit nur für uns sein.

Gerade als wir uns alle sechs einig waren, uns in drei Tagen in L.A. zu treffen, sagten Devon und Nicole, dass es noch weitere Neuigkeiten gäbe. Nicole sei schwanger und sie und Devon hätten am Tag vor Jims Tod geheiratet. Auch wenn der Anlass sehr von Jims Tod überschattet würde, wollten sie in L.A. an nachfolgendem Wochenende eine sehr kleine Feier machen, da sie dies ihrer Familie und den Freunden in L.A. schuldig seien. Auch Sue, Lara und ich seien herzlich eingeladen. Innerlich seufzte ich so laut, dass die Wände wackelten, aber wir konnten fast nicht anders, als die Einladung dankend anzunehmen. Sterben, beerdigen, heiraten, Kinder kriegen – ich wollte mich nicht mit alldem befassen. Ich wollte, kindlich oder nicht, mit Lara zwei oder drei Wochen in San Francisco verbringen. Ich hatte mir ausgemalt, wie wir langsam eine Idee kreierten, wie wir unsere Zukunft gestalten wollten und dann nach Telluride fahren würden. Und ja, in der hintersten Ecke meines Kopfes hatte ich mich auch gefragt, ob es eine Zukunft in San Francisco geben könnte.

13. Eine Hochzeit und eine Beerdigung

So verabschiedeten wir uns bereits am nächsten Morgen von Sophia, Bill und San Francisco. Es fühlte sich sehr komisch und auch falsch an, bereits abzureisen. Ich fragte mich nachts nochmals, ob es wirklich sinnvoll war, wegen der Beerdigung bis nach Los Angeles zu fahren, wo wir doch in San Francisco so schöne Tage verbringen könnten. Lara bestärkte mich aber auch darin, dass ich es lange bedauern könnte, wenn ich Jim nicht verabschieden würde. Ich war mir sicher, dass die Beerdigungszeremonie oder die Messe für mich unangemessen und unangenehm sein würden. Aber es stimmte. Es war wichtig, einen Menschen zu verabschieden. Wenn ich Jim auch nicht mehr in die Augen sehen konnte, dann wollte ich wenigstens am Sarg stehen. Und sowieso würde es nicht schaden, einen Kontrast zu seiner anscheinend sehr konservativen Familie zu bilden.

Jim war definitiv jemand ganz anderes als der linientreue Mann, den seine Eltern als Sohn wollten.

Ein paar letzte Worte an Sophia und Bill, die Hoffnung, uns rasch wiederzusehen, winken, und schon fuhren wir auf Jasons Motorrad aus San Francisco hinaus in Richtung Süden. Obwohl wir uns mit dem Gepäck sehr beschränkt und vieles verschenkt hatten, war die Harley hinter der Rückenlehne kopfhoch beladen. Aber es sollte nur noch für zwei Tage sein. In Los Angeles würden wir ein Mietauto nehmen und auf dem Rückweg nach Telluride mein Auto in Flagstaff abholen respektive zurückkaufen. Ich hatte zwar vor, den Impala zu verkaufen respektive gegen einen Pick-up einzutauschen, aber dies konnte ich auch noch später in Colorado machen. Ich hing nicht an dem Impala selbst, aber ich musste zugeben, dass ich viele schöne Erinnerungen mit Lara damit verband. Und da ich sonst nur wenig mein Eigen nennen konnte, fiel es mir schwer, diesen einfach in Flagstaff zu belassen. Vielleicht würde ich ja meine Meinung noch ändern.

Nach einer sehr schönen Fahrt die Klippen und das Meer entlang, gelangten wir nach Monterey. Hier planten wir, zu Mittag zu essen und uns im Ort etwas umzusehen. Lara hatte erst kürzlich „Cannery Row" gelesen. Auch wenn wir nicht davon ausgingen, etwas davon wiederzuerkennen, waren wir doch gespannt auf die Stadt und eine

Pause hatten wir uns ohnehin verdient. Es war wunderschön, mit Lara auf dem Motorrad den Highway Number one hinunterzufahren, aber noch viel schöner war es, sie anzusehen, sie zu drücken, mit ihr zu reden und einfach neben ihr zu sein. So flanierten wir durch den Ort und auch die ehemaligen Dosenfabriken entlang. „Gottverlassen" träfe den Anblick wohl am besten. Es sah aus, als wäre gerade eine Armee im Krieg über den Ort gefahren. Alles war ausgestorben und eine Halle lag niedergebrannt am Boden und ringsum war alles in schwarzen Ruß getaucht. Alles erinnerte mich an Denver. Ich fragte mich, wie lange es noch dauern würde, bis Denver gleich aussah, zumindest wenn es mit der Wirtschaft weiter so nach unten ging. Um die Denver Union Station sah es bereits jetzt so aus. In Denver waren die goldenen respektive silbernen Zeiten vorbei, und hier in Monterey offensichtlich die blechernen. Noch einen Schritt weiter heruntergekommen waren die Goldgräberstädte in den Bergen um Telluride, Ouray und Silverton. Welche Chancen hatten die Städte noch, die den Anschluss irgendwie verpasst hatten? Wieso boomte San Francisco dermaßen mit all den neuen Hochhäusern und Denver versank in der Bedeutungslosigkeit? Mangelte es an Innovation? Ich wollte mir irgendwann dazu noch mehr Gedanken machen, insbesondere da ich mich in einer Gegend niederlassen wollte, die nicht wie

Denver von schrumpfender Wirtschaft eingeholt wurde. Wieso an einem Ort um jeden Cent kämpfen, wenn es schöne Orte gab, die boomten? Weiter vom Meer entfernt gab es mehr Leben und auch Restaurants. Doch irgendwie fanden wir nicht, was wir erhofft hatten, und beschlossen, weiter die Küste entlang zu fahren. Doch kurz nach der Highway-Auffahrt bogen wir wieder nach Carmel ab. Vom Highway aus sahen wir über das kleine malerische Städtchen bis hinunter zum Meer. Wir fuhren durch die gepflegten Straßen und hielten bald bei einem Gartenrestaurant an für das Mittagessen. Nach einem wunderbaren, leichten Essen mit frischem Fisch, Gemüse und Früchten schlenderten wir durch den Ort. Es war wunderschön und trotz der Betriebsamkeit überall auf der Straße, in den Restaurants, den kleinen Läden und in den Galerien sehr ruhig. Carmel war eine gepflegte Kleinstadt, ein Märchenwald mit Elfenhäusern, hatte das Meer und ein offenes, künstlerisches Flair. Irgendwie waren das Städtchen und die Menschen fest mit dem Boden verwurzelt und doch mit den Gedanken in den höchsten, abenteuerlichen Lüften und Wolken. Wir blieben noch bis zum Eindunkeln, betrachteten den Sonnenuntergang und machten uns dann auf dem schnellsten Weg nach San Luis Obispo auf, um die Hälfte des Weges hinter uns zu bringen. Einerseits war es schade, die schöne Landschaft in der Dunkelheit abzuspulen, andererseits hatten wir einen wunderschönen Mittag und Nachmittag verbracht und wollten den späten Abend einfach nur im Hotel kuschelnd verbringen. Wenn einem das Leben so viel gab, musste man sich entscheiden. Man konnte es weder einmachen für später noch die Taschen damit füllen.

Die Fahrt durch die Nacht mit der voll beladenen Harley war sehr anstrengend gewesen, daher schliefen wir etwas länger am Morgen. Nach einem sehr reichhaltigen Frühstück – zu reichhaltig, um auf einem Motorrad zu sitzen – fuhren wir bis auf kleine Pausen in einem Stück über Santa Barbara an Malibu vorbei in Santa Monica und damit in Los Angeles ein. Das Wetter meinte es sehr gut mit uns und es war herrlich warm, aber auch nicht zu heiß auf dem Motorrad. Ich war sehr gespannt auf Santa Monica, da Jim davon geschwärmt hatte. Ich sah mich nicht als Meertyp an und Los Angeles nicht das Ziel meiner Träume. Er war sich aber sicher, dass man sich in Santa Monica verlieben müsse, sobald man es sah. Nun war er leider nicht mehr hier, um mich mit seiner Begeisterung zu überzeugen, aber ich wollte dem Ort eine faire Chance geben. Wir fanden rasch ein schönes kleines Hotel in der Nähe des Meeres und konnten die Harley in den Hinterhof stellen. Am späten Nachmittag rief ich Jason an. Ich hatte seit dem Abschied im Spital nie mehr direkt mit ihm geredet. Die anderen informierten mich meistens, wie es ihm ging und wir ließen uns Grüße ausrichten. Obwohl ich lediglich sein Motorrad fuhr, fühlte ich mich mit ihm, neben Jim, am meisten verbunden. Das mag einerseits daran liegen, dass ich keine schlechten Seiten von ihm kennengelernt hatte, oder wohl viel mehr an den Schilderungen von Jim. Er hatte Jason immer als sehr aufrechten Mann beschrieben, der mit beiden Beinen fest auf dem Boden stand. Na ja, wenn nicht gerade eines davon gebrochen war. Wir redeten zuerst über seine Rückreise auf dem Rücksitz im Wagen seiner Schwester, welche ihn in Flagstaff abgeholt hatte. Anscheinend hatte sie die ganze Hin- und Rückfahrt in einem Tag bewältigt und war entsprechend eher schlecht gelaunt und gestresst gewesen. Seither hätten sie es aber sehr gut zusammen und sie käme alle paar Tage nach ihm sehen. Sein Bein schmerzte zwar noch und er musste es viel hochlagern, aber an Krücken konnte er anscheinend wieder kurze Distanzen gehen. „Jason, wie geht es dir mit dem Tod von Jim?" „Ich kann es noch immer nicht richtig fassen und akzeptieren. Ich wusste, dass er zwischendurch auch härtere Drogen ausprobierte. Ich hatte ihn auch mehrmals deswegen gewarnt. Niemand will einer dieser abgefahrenen Junkies werden. Dass er daran sterben könne, hatte ich nie bedacht. Vor allem frage ich mich, wie leichtfertig er dabei seinen Tod in Kauf genommen hat. Er war in letzter Zeit nicht sehr positiv gestimmt und sah nicht, wie er den Rest eines langen Lebens stemmen sollte.

Ich hatte den Eindruck, er hatte die Ideen für sein Leben und jegliche Vision verloren. Und dennoch, ich war davon ausgegangen, dass es sich um eine Phase handelte, die bald einmal wieder vorüber wäre." „Ja, Jason, das hatte ich wirklich am allermeisten für ihn gehofft. Hast du mit Sue geredet – über diesen Abend?" „Ach Sue! Ja, ich habe mit ihr geredet, aber wie meistens bin ich nicht an sie herangekommen. Ehrlich gesagt hatte ich seit längerem den Eindruck, dass sie psychische Probleme hat. Sie kippt von einer Euphorie zur nächsten und stürzt zwischendurch wieder in ein tiefes Loch. Ich habe den Eindruck, sie lebt ihr Leben auf einem Hochseil im Zirkus. Man kann mit ihr weder reden, wenn sie auf dem Seil ist, noch wenn sie unten im Netz liegt. Es gibt manchmal ganz kurze Momente dazwischen, in denen sie wirklich klar denken und Pläne für die Zukunft schmieden kann. Doch der kleinste Luftzug hebt sie wieder hinfort wie ein Blatt im Wind. Weißt du, dass am Anfang unserer Reise ich mit Sue zusammen war? Wir hatten uns erst wenige Wochen vorher kennengelernt. Ich hatte mich verliebt und wollte nicht so lange Zeit ohne sie sein. Zudem wollte auch sie eine Auszeit nehmen, daher hatte ich ihr angeboten, mitzukommen. Es hatte sich aber bald herausgestellt, dass wir uns kaum einen ganzen Tag lang ertrugen. Jetzt sieht sie sich fast als Witwe von Jim. Ich kann es ihr nicht verdenken.

Es muss ein sehr großer Schock für sie gewesen sein, mit Jim auf einer Party zu sein und plötzlich liegt er tot in einem Zimmer. Sie wird nicht zur Beerdigung kommen." Wir redeten noch eine Weile und verabredeten uns auf einen Drink und etwas zu essen am Abend am Meer. Er würde mit Devon und Nicole fahren, einmal mehr auf dem Rücksitz. Ebenfalls könnten wir dann den nächsten Tag besprechen – den Tag von Jims Beerdigung. Jason sagte, er werde nicht an der Beerdigung teilnehmen. Einerseits ginge es wirklich nicht mit dem Bein, aber er wollte sich lieber auch in aller Ruhe und allein von ihm verabschieden. Jims Mutter hatte in der Zwischenzeit mit Jason geredet und uns auch gebeten, zur Beerdigung zu kommen. So gingen Lara und ich noch einkaufen – ein angebrachteres Hemd für mich und eine dünne Jacke für Lara. Danach trafen wir uns mit Jason, Devon und Nicole an der Ocean Front.

Als wir an der Ocean Front saßen und unzählbar viele Menschen an uns vorüberzogen in den ausgefallensten Outfits – Kleider wäre oft nicht der richtige Ausdruck gewesen – und manchmal wieder eine Wolke Cannabis zu uns rübergeweht kam und die Sonne sich über dem Meer orangerosa färbte, musste ich zufrieden lächeln. Ich sah, dass dies für Jim wirklich der perfekte Ort war. Ich konnte mir vorstellen, dass Venice ihm das Elixier zum Leben gegeben hatte. Hätte er es nur nie verlassen!

Am nächsten Morgen machten wir uns bereit für die Beerdigung. Lara und ich waren etwas nervös, da wir keine Ahnung hatten, was auf uns zukommen würde und wie sich die Familie, insbesondere Jims Vater, verhalten würde. Wir machten uns mit dem wenigen, das wir dabei und gekauft hatten, so klassisch zurecht, wie es ging. Allein dies ging mir irgendwie gegen den Strich und es würde ohnehin noch immer zu wenig elegant sein. Wir saßen im Zimmer und warteten darauf, dass uns Devon und Nicole abholen würden.

Die Feier, von der wir beide nicht wussten, nach welcher christlichen Splittergruppe sie abgehalten wurde, fand in einer sehr schönen Kapelle oder Kirche am Rande des Friedhofes statt. Wir setzten uns fast zuhinterst in die letzte Reihe, wo wir uns nicht beobachtet fühlten. Wie erwartet, waren die meisten Besucher in dunkle Anzüge mit Krawatten und die Frauen in schwarze Roben gekleidet. Es gab aber noch etliche andere Leute in unserem Alter, die ebenfalls zum Freundeskreis von Jim in Los Angeles gehörten und etwas mehr wie wir gekleidet waren. Devon und Nicole lagen mit ihrer Garderobe irgendwo dazwischen. Der Gottesdienst war sehr schlicht und so, wie man es erwarten würde, auch mit schöner Musik. Ich wusste nicht, ob es nun ein offizieller Gottesdienst war, da es keine Kommunion gab. Ein junger Mann, anscheinend ein Bruder von Jim, hielt eine kurze Abschiedsrede mit Lebenslauf. Er fand sehr schöne Worte und Allegorien, die das Leben von Jim als eine Suche beschrieben, ein Verlangen nach dem Unbekannten und Verborgenen, und dass er sich immer treu geblieben sei und wenn nötig auch die Verantwortung für sein Tun übernommen habe.

Am Grab sah ich mich nochmals um, konnte aber Sue nirgends sehen. Nach der Beerdigung kam Devon auf uns zu und fragte, ob wir auch noch zu Jims Elternhaus rüberkämen. Wir fanden jedoch beide, dass dies nicht angebracht wäre. Wir kannten niemanden der Familie.

So verabschiedeten wir uns auf dem Friedhof und Devon bestätigte uns nochmals, dass wir am Samstag zur Feier ihrer Hochzeit eingeladen seien und herzlich erwartet würden.

So nahmen wir ein Taxi nach Hollywood. Wir wollten beide ohnehin Hollywood sehen, für uns die Attraktion von Los Angeles schlechthin. Zudem hatten uns Nicole und Jason versichert, dass Hollywood wirklich sehr gemütlich sei. Auf der Fahrt rätselten wir darüber, was wir Devon und Nicole zur Hochzeit schenken könnten. Wir baten daher den Taxifahrer, uns bei einem Department Store auszuladen. Wir schlenderten durch die verschiedenen Abteilungen und nach einer halben Stunde hatten wir gar nichts und waren noch immer gleich ratlos. So fand ich bei diesem Unterfangen raus, dass ich die beiden nicht wirklich kannte und mir nicht vorstellen konnte, woran sie Freude hätten. So spazierten wir die Melrose Avenue entlang, fanden ein sehr schönes, offenes Restaurant, das sehr gut besucht war, und aßen etwas Kleines. Da uns nichts für die beiden in den Sinn kam und ich mich nicht in die beiden versetzen konnte, drehten wir den Spieß um und überlegten, was wir für Telluride gebrauchen könnten, in der Hoffnung, dass dies ebenfalls für Devon und Nicole zutreffen würde. So beschlossen wir, nach dem Essen nochmals loszuziehen und für uns etwas zu suchen. Leider fanden wir dabei sehr viel Praktisches für Küche, Garage oder Garten, das wir für uns hätten brauchen können. Doch die praktischen Dinge hatten wir vorher alle ausgeschlossen, da wir nichts zu Praktisches zu einer Vermählung schenken wollten. Vor der dritten Runde beschlossen wir, etwas Praktisches zu kaufen, das einfach sehr schön war und so entschieden wir uns am Schluss für ein messingfarbenes Fondueset. Dies konnte für Fleisch-, Käse- wie auch Schokoladenfondue gebraucht werden, und wir stellten uns vor, wie viel Spaß wir dabei hätten, zusammen Schokoladenfondue zu essen. Bevor uns irgendwelche Zweifel kommen konnten, war das Set gekauft, schön verpackt und lag in einer Tüte auf meinen Knien im Bus nach Santa Monica.

Nach dieser Strapaze zogen wir uns im Hotel um und gingen an den Strand. Es war noch knapp warm genug, dass wir sogar baden konnten.

Obwohl nicht wenige Besucher am Strand waren, fühlten wir uns gelöst, entspannt und wie in den Ferien von den Ferien, so wie sich unsere Reise hätte anfühlen sollen. Wir blieben im Sand liegen, bis die Sonne untergegangen war, und liefen im letzten Tageslicht in Richtung Hotel zurück. An einer Straßenkreuzung, an der wir kurz für die vorbeifahrenden Autos stehen bleiben mussten, sprang ein sehr verwahrloster Bettler auf und kam auf Lara zu. Er schrie oder krächzte, dass er sie kennen würde und sie ihm Geld geben solle. Ich nahm sie noch fester in den Arm und sie wendete sich von ihm ab. Da wollte er ihr gegen den Oberarm boxen und krächzte unter Husten, dass sich die Dame nun wohl zu fein sei, um einem alten Freund zu helfen. Wir traten einen Schritt zur Seite, damit er uns nicht berühren konnte, und gingen über die Straße davon. Da das Hotel nur eine knappe Minute entfernt war, legten wir die Strecke schnell und wortlos zurück. Vor dem Hotel schaute ich Lara erst wieder richtig an und sie war bleich wie ein Leinentuch. Ich hatte Angst, sie könnte ohnmächtig werden. „Geht es, Lara? Du bist sehr blass. Möchtest du dich hier auf die Stufen setzen?" Doch sie deutete mit einer Handbewegung an, dass sie ins Hotel wollte. Im Zimmer saß sie auf dem Bett und musste sich erst einen Moment sammeln. Dann blickte sie auf und sagte, dass sie diesen Mann von „Heaven" kenne. Er sei bereits da von allen verlorenen, fehlgeleiteten, egoistischen, manischen Kreaturen die gefährlichste gewesen. Es wäre ihm jedes Mittel recht gewesen, Leute zu manipulieren, zu stehlen, zu schlagen und gar zu vergewaltigen. Unter Weinen sagte sie, dass sie noch nie einen so bösen Menschen getroffen habe. Sie brauche einen Moment, um ihn wieder zu vergessen und auch um die ganzen Erinnerungen an ihre Verzweiflung und Hilflosigkeit auf „Heaven" in die Schachtel ihrer Gedanken zurückzulegen und wieder auf dem dafür vorgesehenen Regal in ihrem Hinterkopf zu legen. Ich sah ihr jedoch an, dass dies nicht so schnell passieren würde. Wir duschten – Lara länger als sonst – und legten uns vor dem Essen kurz hin.

Am nächsten Tag besuchten wir die Universal Studios, was uns Ablenkung verschaffte. Wir waren zwar etwas enttäuscht, da wir uns vorgestellt hatten, man könne dort beim Drehen von Filmen zusehen und einen Blick auf den einen oder anderen Star erhaschen. Wir mussten lachen, als wir uns vorstellten, wie immer wieder jemand „Juhu" in eine Szene rufen würde und dass die Ablenkung für die Stars wohl doch etwas zu groß sein würde. Dafür gab es andere interessante Filmtricks zu beobachten wie Flutwellen oder das Rote Meer, das sich teilte. Es war erstaunlich, mit welch kleinen Filmsets gearbeitet wurde und wie unecht die Kulissen von Nahem aussahen. Wieder etwas, das man auch ins Leben übertragen konnte.

Im richtigen Licht und aus der richtigen Perspektive konnte man alles schön oder schaurig aussehen lassen.

Am Tag darauf war dann die Hochzeit von Nicole und Devon. Die Hochzeit und das Fest waren sehr schön und doch für uns recht anstrengend, was vor allem an uns selbst lag. Wir kannten niemanden und hatten keinen wirklichen Draht zu den restlichen Gästen. Normalerweise wäre dies ja kein Grund, nicht mit offenen Armen auf alle zuzugehen und zusammen einen schönen Abend zu verbringen. Aber wir hatten beide so sehr den Drang, endlich nach Telluride zu fahren und unser Leben anzupacken, zu beginnen, zu formen, zu gestalten mit allem, was dazugehörte. Ich wollte einen Job suchen oder mich selbstständig machen. Lara wollte vorerst ihren Job wiederaufnehmen und sich später für eine Weiterbildung entscheiden. Wir wollten das kleine Haus von Lara für uns beide herrichten, wir wollten zu Hause sein, das Wochenende genießen, die Gegend erkunden oder mit den Nachbarn ein Bier trinken und Gartenratschläge austauschen. So kam uns jede Minute, die wir von dieser Idee getrennt waren, vor wie eine Ewigkeit. Oft wenn ich zu Lara hinüberblickte, sah ich, dass sie tief in Gedanken versunken oder gar in einem Kokon versunken war. „Ich überlege noch immer, wie ich die Abscheu und vermutlich auch Angst vor diesem Menschen verarbeiten kann. Es nervt mich sehr, dass ich mich schwach fühle, wo ich mich doch nie mehr von solchen Menschen einschüchtern lassen wollte. Bitte entschuldige, Robert, ich bin eine sehr schlechte Gesellschaft für einen so schönen Anlass wie eine Hochzeit." „Mach dir deswegen keine Sorgen. Du weißt, dass mich hier nicht viel hält. Es betrübt mich, dass ich dir nicht helfen kann. Ich möchte dich gerne beschützen, aber ich befürchte, es hilft nichts, wenn ich ihm meine Faust ins Gesicht haue." Sie lächelte. „Nein, wohl nicht wirklich. Ich glaube, es wird Zeit, dass ich die imaginären Schachteln aus den Regalen nehme und verlese. Was mich an Schönes erinnert, kommt auf ein Regal, und den großen Rest verbrenne ich." „Ich helfe dir gern dabei. Ich liebe es, aufzuräumen." „Würdest du mit mir nach ‚Heaven' fahren?" „Lara, ich komme mit dir überallhin und stehe wie ein Fels neben und hinter dir. Ich weiß, du hast dir längst überlegt, was wir da vorfinden könnten. Wenn du denkst, dass es dir hilft, bin ich sofort zur Stelle. Hm, ich hoffe, es ist entweder ganz verlassen oder wenige haben etwas Schönes daraus gemacht. Dieser Exzess kann ja nicht noch Jahre weitergegangen sein." „Ja, ich hoffe genau dasselbe." Wir diskutierten den Besuch von „Heaven" am nächsten Morgen lange im Bett und konsultierten auch die Straßenkarte. Auch wenn die Distanz bei diesem wichtigen Thema keine Rolle spielte, war es doch erstaunlich, dass es fast ohnehin an der

Strecke lag – zumindest, wenn wir den Joshua Tree Park weglassen und direkt in Richtung Flagstaff fahren würden.

In Anbetracht unserer Fahrt und da ich in Telluride ohnehin einen Pick-up kaufen wollte, schien es unsinnig, nach Flagstaff zu fahren, um den Impala zurückzukaufen, nur um diesen dann später wieder einzutauschen. Insbesondere war Los Angeles dafür bekannt, sehr gute Gebrauchtwagenpreise zu haben. So oder so waren wir mit all unserem Gepäck sehr froh, vom Motorrad wieder auf ein vierrädriges Fahrzeug umzusteigen. Ich hatte mir in den letzten Wochen längst überlegt, welches Pick-up-Modell mir gefallen würde und so fuhren wir ein letztes Mal mit dem Motorrad durch Los Angeles von Car Dealer zu Car Dealer und fanden am Schluss einen wunderschönen Chevy C10 in Orange mit weißen Seitenstreifen. Lara lachte mich aus, dass ich einen Pick-up so wunderschön finden konnte, freute sich aber auch über meine Begeisterung und fragte, ob sie denn Grund zur Eifersucht habe. Der Verkäufer sicherte uns zu, dass der Wagen bis am Montagmorgen bereit, versichert und eingelöst sei.

So fuhren wir am Montag nach einem schönen Abschiedsfest am Sonntagabend los in unserem neuen Wagen, in unser neues Leben. Ich war wirklich sehr gespannt auf „Heaven". Ich rechnete damit, dass es völlig heruntergekommen war und niemand mehr da war, den Lara kannte. Plötzlich fiel mir ein, dass vielleicht ja auch der Ex-Freund von Lara eine völlige Kehrtwende vollzogen haben könnte und nun als beflissener Farmer und Hausmann ein sehr rücksichtsvolles Leben führen könnte und „Heaven" so aussah, wie es sich Lara immer erträumt hatte. Ob dies alte Gefühle bei Lara wiedererwecken könnte? Nun war mir auch etwas mulmig zumute. Lara saß neben mir und hielt sich an meinem Arm fester mit jeder Meile, die wir uns „Heaven" näherten.

14. Das Vermächtnis des Himmels

Von „Heaven" stand so gut wie nichts mehr. Hätte Lara mir nicht erklärt, wie es ausgesehen hatte, wäre ich davon ausgegangen, dass hier mal ein kleines Haus gestanden hatte, das vor Jahrzehnten abgebrannt war. Von den ganzen Wirtschaftsgebäuden war nichts mehr zu sehen; sie mussten komplett abgebrannt sein und die Natur hatte sich über der Asche die Flächen zurückerobert. Vom Wohnhaus sah man noch Reste von Fundamenten und Kaminen zwischen hohen Büschen. Da es offensichtlich ein großes Feuer war und es wohl auch keinerlei Löschvorrichtungen gab und viele der Bewohner vermutlich unter Drogen gestanden hatten, kamen mir die schlimmsten Befürchtungen. Lara hatte vermutlich die gleichen Gedanken und stand erst fassungslos in der Mitte der Kaminreste, begann dann aber akribisch den Ort abzusuchen, konnte aber außer Bauresten, metallenem respektive verrostetem Hausrat und Natur nichts finden. Irgendwann hob sie einen vormals emaillierten Milchkrug hoch und erklärte mir, dass sie diesen mehrmals am Tag mit Minzetee gefüllt hatte.

Ich konnte nicht abschätzen, ob es für sie gut war, dass von ihrem Lebensabschnitt an diesem Ort nichts mehr vorhanden war, oder ob es ihr die Möglichkeit nahm, sich zu verabschieden. Ich wollte sie nicht fragen, es würde sich wohl auch erst in der Zukunft zeigen. Ich schlug vor, zurück zum Ort zu fahren und auf dem Sheriffposten nachzufragen, was sich zugetragen hatte.

Auf dem Posten nahm sich der Sheriff viel Zeit und spendierte uns einen Kaffee. Er konnte sich noch gut an Lara erinnern. Lara hingegen konnte sich an keinerlei Bilder des Postens oder des Sheriffs erinnern. „Nachdem sie bei uns waren, Miss, sind wir täglich rausgefahren und haben den Leuten erklärt, dass ihnen die Kinder genommen würden, wenn sie sich nicht um sie kümmern würden. Eine Kommunikation war jedoch sehr schwierig und wir konnten auch die Personalien nicht aufnehmen. Niemand hatte einen Ausweis dabei, bis auf die beiden Männer, die mit Autos vor Ort waren. Nach etlichen erfolglosen Tagen beschlossen wir, jeden zu verhaften, den wir mit Drogen erwischen konnten, um so an die Personalien zu kommen. Doch obwohl die meisten Männer und Frauen vor Ort offensichtlich unter Drogen standen und mehr in der Gegend hingen als aufrecht stehen konnten, schafften wir es trotz Untersuchungen nicht, Drogen effektiv zu finden. Unsere Präsenz hatte erreicht, dass sich die Leute vor Ort zu organisieren begannen. Ich denke, dass sie Wachposten aufgestellt hatten, die nach uns Ausschau hielten und alarmierten, wenn wir anrückten. Der sehr positive Nebeneffekt war, dass immer jemand fit genug war, sich um die Kinder zu kümmern oder diese überhaupt wahrzunehmen. So rückten wir mit der Zeit nur noch wöchentlich aus und fanden die Kinder gepflegt vor." Etwa ein halbes Jahr später war ein Feuer ausgebrochen, das man in der Nacht deutlich von der Stadt aus sehen konnte. Die Löschwagen und die Ambulanz waren vor Ort gefahren, aber zu diesem Zeitpunkt war das Feuer bereits am Zusammenfallen. So hatte man den Brand am Wohngebäude zwar löschen können, es war aber bereits fast alles niedergebrannt. „Die Spezialisten fanden am nächsten Morgen in den Trümmern die Leichen von zwei Männern und einer Frau. Diese waren aber so stark verkohlt, dass eine Identifikation nicht möglich war, und verschiedene Personen wurden vermisst, ohne dass jemand wirklich sagen konnte, ob sie überhaupt noch auf der Farm waren oder Tage vorher weitergereist waren. Die beiden Männer mit den Fahrzeugen waren ebenfalls noch während des Brandes weggefahren. Diese konnten zwar festgehalten und vernommen werden, aber ohne weitere Erkenntnisse. In der Nacht hatte ich drei Kinder, alle ohne nennenswerte Verletzungen, mitgenommen und vom Arzt untersuchen und pflegen lassen. Die Eltern von zwei der Kinder konnten bald gefunden werden, mussten aber nachweisen, dass sie die Eltern sind, was sich erneut als derart schwierig herausstellte, dass am Schluss die Familie ohne einen Nachweis weiterreisen konnte. Ein Kind blieb übrig, von dem sich die meisten sicher waren, dass die Mutter in den Flammen umgekommen sei. Eine junge Frau wollte das Mädchen zwar mitnehmen, ich musste ihr jedoch erklären, dass dies nicht möglich sei ohne eine Adoption. Ebenfalls musste ich ihr erklären, dass sie kaum genügend Sicherheit und Stabilität vorweisen könne, dass ein Adoptionsgesuch oder nur ein provisorisches Sorgerecht erfolgreich verlaufen würde. Darauf verschwand auch sie, ohne dass sie sich je wieder gemeldet hätte. Überhaupt hat sich seit dieser Nacht nie wieder jemand erkundigt, weder von den Bewohnern noch von möglichen Angehörigen der Opfer." „Wie hieß die Frau, die verbrannt war und das Kind?", fragte Lara mit trockener Stimme. Der Sheriff schaute in die Akten und sagte, was der richtige Name gewesen sei und ob das Mädchen eine Geburtsurkunde hatte oder getauft wurde, wisse er nicht, aber es wurde von allen „Maple" genannt. Bäche von Tränen rannen über Laras

Wangen, ohne dass auch nur ein Atemzug von ihr zu vernehmen war.

Maple war mit ihrer Mutter Sunshine erst kurz vor Laras Wegzug nach „Heaven" gekommen. „Sunshine war eine sehr gute Mutter und eine aufrechte, hilfsbereite Frau bis zu dem Zeitpunkt, wo sie mit Drogen vollgepumpt wurde. Maple war mindestens ebenso sehr ein Sonnenschein. Sie lief mir immer hinterher und wollte helfen und für ihr sehr junges Alter von vielleicht knapp vier Jahren konnte sie tatsächlich Kräuter sammeln oder Hühner füttern, was ihr sehr viel Spaß gemacht hatte. Sie konnte keiner Fliege etwas zuleide tun."

Wir erfuhren, dass Maple in ein Kinderheim in der Nähe von Las Vegas gebracht worden war, bis sich Pflegeeltern finden lassen würden. Wie konnte es Maple, die mehr oder weniger in der Natur aufgewachsen war, in einem staatlichen Heim ergehen? Der Sheriff meinte jedoch: „Maple wird inzwischen glücklich in einer Familie leben und ein neues Zuhause gefunden haben. Dann wird es unmöglich sein, die neue Identität zu ermitteln – um das Kind und die Familie zu schützen." Lara lächelte. „Wenn dem nur so wäre."

So fuhren wir weiter in Richtung Las Vegas und standen spätabends vor dem Heim. Wir standen vor einem hässlichen, dunklen, abweisenden Klotz mit vergitterten Fenstern wie von einem Hochsicherheitsgefängnis. Vor Entsetzen nahmen wir uns bei der Hand. Ich sah Lara an. „Wir müssen Maple hier rausholen, sollte sie tatsächlich noch da drin sein. Ich hoffe sehr, dass sie inzwischen bei einer Familie untergekommen ist. Ich kann mir nicht vorstellen, wie ein Kind nach drei Jahren in dieser Institution aussehen würde. Heute ist es zu spät. Lass uns in die Stadt fahren und ein Hotel suchen und eine Strategie ausarbeiten." Wir fuhren in die Stadt, nahmen ein schönes Hotel am Stadtrand und kauften mir unterwegs ein besseres Paar Hosen. Im Hotel stutzte mir Lara den Bart und die Haare ein wenig. Ich wollte nicht, dass irgendetwas an meinem Äußeren scheiterte. Auch wenn ich nie wegen meines Äußeren auf Ablehnung stieß, konnte ich mir gut vorstellen, dass die konservativere Hälfte Amerikas deutlich mehr auf das Äußere gab. Wir riefen im Heim an und baten höflich und zurückhaltend um einen Termin. Wir wurden nach dem Grund unseres Besuches gefragt und wir antworteten so förmlich wie möglich, dass wir auf der Suche nach einem Mädchen waren, das allenfalls in diesem Heim lebte. Das ganze Theater nahmen wir mit sehr viel Humor und lachten viel, da wir ja wirklich davon ausgingen, dass Maple nicht mehr da war. Daher machten wir uns auch keinerlei Gedanken, wie es nach dem Besuch weitergehen sollte. Wir genossen den Abend in einem Casino, aßen fein, verspielten nur ein paar Quarters und gingen früh zu Bett.

Am nächsten Morgen standen wir wieder vor dem Heim, drückten uns bei der Hand, gaben uns Mut mit einem Blick und stiegen die Stufen empor. Die Tür öffnete sich, bevor wir sie erreicht hatten, und eine zierliche Frau mittleren Alters lachte uns sehr freundlich entgegen und grüßte uns herzlich und betonte, wie sehr sie sich über unseren Besuch freuen würde. Es stellte sich heraus, dass sie Mrs Wilson hieß und die Leiterin des Heims war. Im Innern der kargen Mauern waren frische Blumen aufgestellt und es roch angenehm und es gab mehr Licht, als es von außen den Anschein gemacht hatte. Nach der informellen Einleitung kamen wir auf den Grund unseres Besuches zu sprechen. Mrs Wilson öffnete einen Ordner, ohne wirklich hineinzusehen, und bestätigte, dass vor drei Jahren ein Mädchen namens Maple im geschätzten Alter von vier Jahren aufgenommen worden war. Sie schloss bereits wieder das Dossier. „Maple ist noch immer bei uns und trägt inzwischen den Namen Helena. Sie ist ein Sonnenschein, hilft, wo sie kann, und streitet nie mit anderen Kindern. Sie sucht nicht gerade Kontakt zu Menschen, ist aber immer freundlich und korrekt. In der Schule hat sie Stärken und Schwächen wie jedes andere Kind. Am meisten liebt sie Sprachen und Musik. Helena ist mir persönlich sehr stark ans Herz gewachsen, wenn ich mich auch immer bemühe, dies vor den andern Kindern zu verbergen." Damit fragte sie uns mit

176

einem sehr ernsten Blick: „Wieso interessieren Sie sich für Helena?" Lara erzählte Mrs Wilson die ganze Geschichte und auch, wie sie Helena erlebt habe und dass wir davon ausgegangen waren, dass es ihr in einem Heim nicht gut erging, wobei wir uns dies etwas kälter vorgestellt hatten, als es sich nun erwies. Mrs Wilson fragte uns sehr direkt und mit starkem Blick, ob wir denn den Wunsch hätten, Helena zu adoptieren. Dies hatten wir so nicht miteinander besprochen, darum fragte Lara, ob dies denn möglich sei. Mrs Wilson klärte uns dann darüber auf, wie dies ablaufen würde, wobei wir feststellen mussten, dass uns schon die Grundvoraussetzung fehlte, dass wir nicht verheiratet waren. Mrs Wilson erklärte uns, dass sie dieses Heim zwar vor vielen Jahren übernommen habe, aber viele der Kinder noch immer unter den Folgen der Jahre vor ihrer Zeit litten. Sie wisse nicht, wie lange sie noch die Leitung des Heims ausüben dürfe, aber ohnehin sei es für jedes Kind besser, in einer Familie aufzuwachsen. Sie sehe, dass es sich bei uns um zwei freundliche, glückliche, nicht verzweifelte Menschen handle, die nicht unbedingt ein Kind wollten, sondern explizit Helena ein neues Zuhause bieten wollten. Sie sehe, dass es uns sehr ernst sei, wenn man die Verwandlung seit dem Abend des Vortages bedenke. Dies sagte sie mit einem leichten Grinsen, weil sie uns damit mitteilte, dass sie uns bereits am Vorabend vor dem Gebäude hatte stehen sehen. Aber gerade dies zeuge von Intelligenz, Anpassungsfähigkeit und davon, dass wir Teil einer Gemeinschaft sein wollten. Sie holte weiter aus, dass allerdings kein Weg um eine Heirat herum führe und sogar dann müsste sie etliche Regeln mehr als nur biegen, um uns Helena anvertrauen zu können.

Sie gäbe uns nun, unter einer Aufsicht, gern eine halbe Stunde Zeit mit Helena. Dann sollten wir gehen und uns jederzeit wieder melden, wenn wir eine Entscheidung für unser Leben mit oder ohne Helena gefällt hätten. Sie wies nochmals darauf hin, dass Helena sehr schüchtern und körperlich nicht vollends so entwickelt sei wie andere siebenjährige Mädchen. Sie rief eine nette Angestellte herbei und informierte diese, während sie uns in den Hof führte. Auch der Hof war überraschend schön mit Bäumen, Rasen, Blumen und einem Spielplatz. Die dunkelgrauen Mauern ließen jedoch auch erahnen, wie schlimm der Hof ohne den Einfluss von Mrs Wilson aussehen könnte. Wir setzten uns auf eine Bank und die Aufsicht kam mit Helena an der Hand, die mit gesenktem Kopf brav neben ihr herlief. Wir wurden uns vorgestellt und die Aufsicht nahm auf der Bank daneben Platz. Wir redeten mit Helena über den Garten, über Farben, Blumen, das Wetter und über Mrs Wilson. Helena gab uns zuerst nur sehr knappe Antworten, taute dann aber etwas auf und zeigte uns in einem Beet ihre Lieblingsblumen. Sie

bückte sich und nahm von einem der violett-
weißen Blütenblätter einen Käfer, den sie zärtlich
auf die Hand nahm und mit ihm redete, bevor sie
ihn wieder auf genau dasselbe Blütenblatt
zurückmarschieren ließ. Äußerlich wirkte Helena
für mich durchaus wie eine Siebenjährige, aber sie
war sehr dünn und schien zerbrechlich wie eine
filigrane Vase, die auf einem Fenstersims im Wind
steht. In dem kurzen Moment, in dem sie mich
ansah, blickte ich jedoch in zwei leuchtend blaue
Augen, die weder träumerisch noch naiv, sondern
für ihr Alter sehr reif und entschlossen, aber auch
offen und geduldig wirkten.

Zurück im Hotel setzten wir uns auf Bett und Sofa.
Lara meinte: „Es ist zu früh für uns, eine solch
wichtige Entscheidung zu fällen. Wir müssen
zuerst unser eigenes Leben aufbauen. Sicherlich
heiraten wir nicht nur, um ein Kind zu adoptieren,
dem es zumindest im Moment gut geht und an
nichts fehlt." „Lara, da spricht sehr viel Vernunft
aus dir und es ist lieb, dass du den negativen
Standpunkt übernimmst. Ja, ich glaube ganz
objektiv und vernünftig betrachtet, ist es zu früh.
Wir kennen uns selber noch wenig und doch, Lara,
hoffe ich, ich werde nie meinen, dich in- und
auswendig zu kennen. Ich hoffe, ich werde dich
auch in vielen Jahren immer wieder neu oder
anders kennenlernen. Gerade daher ist es mir so
wichtig, dass es in unserem Leben immer
genügend Raum geben wird, dass du dich

weiterentwickeln kannst und Zeit und Energie findest, dich für Neues zu begeistern. Dasselbe hoffe ich auch für mich. Und nochmals das Gleiche wünsche ich mir für uns beide, für unsere Beziehung. Ja, Maple oder Helena geht es im Moment gut. Aber auch Mrs Wilson gab zu bedenken, dass dies nicht für lange garantiert bleibt. Es geht aber auch nicht darum, Maple zu ‚retten'. Sie ist wunderbar, so, wie du sie beschrieben hattest. Ich finde, sie passt zu uns, vielleicht gerade weil sie eine gewisse Selbstständigkeit und Stärke ausstrahlt. Ich freue mich an unserer Beziehung und ich freue mich auf ein Familienleben mit euch beiden." Ich wollte mir ein Leben ohne Lara nicht mehr vorstellen und ich wollte nichts lieber, als mit ihr und Maple eine kleine Familie zu gründen. Der Zeitpunkt unserer Heirat spielte für mich keine Rolle. Mein Versprechen hatte ich Lara in Gedanken längst gegeben – noch in Telluride. Da kam mir wieder in den Sinn, dass Lara in Telluride darauf gewartet hatte, dass ich den ersten Schritt machen und sie bitten würde, nach San Francisco zu kommen. Auch wenn ich der Meinung war, dass eine Ehe von beiden entschieden werden sollte, war dies definitiv der Moment zu fragen. Ich wurde nervös. Ich durfte nicht daran denken, was wäre, wenn sie Nein sagen würde. Ich ging die drei Schritte zu ihr ans Bett, nahm sie an den Händen und zog sie zärtlich zu mir hoch. Ich versuchte, meine Augen strahlen zu lassen und keine Unsicherheit zu zeigen, als ich fragte: „Lara, willst du mich heiraten?" „Du meine Güte – ja! Ja, das möchte ich so sehr!" Wir küssten uns lange. Später unter der Decke mussten wir lachen über die Fortschritte in unserer Familienplanung. Da wir Helena gleich mitnehmen wollten, teilten wir Mrs Wilson unsere Pläne mit, welche uns zusicherte, bis drei Tage nach unserer Vermählung alle Papiere bereit zu haben.

Es schien uns nicht möglich, unsere Familien am Telefon über alles auf eine angebrachte Weise zu informieren, daher wollten wir uns in Las Vegas verheiraten lassen, zu Hause in Telluride jedoch zu einer Feier einladen, über die wir uns noch Gedanken machen wollten. Ich konnte nicht erwarten, endlich zu Hause in Telluride anzukommen. Lange hatte ich gedacht, auch San Francisco könnte unsere Heimatstadt werden, doch seit wir in San Francisco losgefahren waren, dachte ich an Telluride, wenn ich von zu Hause sprach. Beide Orte waren ungemein schön und vor allem würden wir an beiden Orten von großartigen Menschen umgeben sein. San Francisco wäre zumindest für Ferien ja auch nicht unerreichbar weit weg. Ich war mir sicher, Telluride würde der bessere Ort sein, um Maple großzuziehen, und Lara und ich könnten es nicht schöner haben zusammen.

Unsere Vermählung war nicht mehr als einfach ein spezieller Abend mit unbekannten Trauzeugen und wir hatten uns auch fest vorgenommen, nicht mehr daraus zu machen, als was es war: eine Formalität, die offiziell bestätigte, was wir uns ohnehin versprochen hatten, und unsere Pflichten und Rechte festhielt. Wir waren davon ausgegangen, dass wir Helena mehrmals treffen würden, während Mrs Wilson die ganzen Formalitäten erledigte. Diese blieb jedoch hart und erlaubte keine Annäherung, bis alles unter Dach und Fach war. Sie meinte, wir sollen ihr vertrauen, und alles werde gut kommen. Sie „wisse", dass wir drei füreinander geschaffen seien und wir würden noch lange Zeit haben, uns kennenzulernen. So kam es, dass wir am Samstag als kleine Familie Las Vegas in unserem Chevy verließen. Zwischen uns auf der Bank saß schüchtern unsere siebenjährige Tochter Helena Maple Johansson.

Wir fuhren nach Needles und nahmen uns ein Zimmer und machten mit Maple einen Spaziergang den Colorado River entlang, setzten uns auf eine Decke, aßen ein kleines Picknick und machten viele Spiele, in denen wir versuchten, es so darzustellen, dass Lara und ich uns auch erst gerade getroffen hätten. Wir saßen im Kreis und erzählten über unsere Wünsche, Lieblingsgerichte, Lieblingswetter und so weiter. Helena blieb dabei immer sehr ernst, aber sie begann uns anzuschauen und immer öfter auch in die Augen zu sehen.

Für mich und Lara war es einfach ein unendlich glücklicher Moment. Einerseits, weil wir uns endlich wiederhatten, und die letzten Tage hatten noch lange nicht gereicht, alles nachzuholen, was wir die letzten Wochen und Monate nicht teilen konnten. Ich musste mich irgendwann zwingen, die Idee vom Nachholen abzulegen und nichts als den Moment und Lara zu genießen. Ich konnte dies nicht erklären, aber Maple schmälerte unsere Beziehung in keiner Weise, tat aber auch nichts dazu, sondern eröffnete nochmals eine Tür zu etwas ganz anderem, einer perfekten, harmonischen Welt. Gegen Abend gingen wir zurück ins Motel. Ich kuschelte mich mit Maple aufs Bett und wir schauten fern, während Lara Elena anrief. Bald winkte sie mir zu, dass es um etwas Ernstes ging, und legte bald darauf den Hörer wieder auf. Bill hatte sich in Telluride gemeldet, dass es Sophia nicht gut ging. Lara war sich nicht ganz sicher, aber vermutlich war sie bei einer Hausarbeit gestürzt und hatte eine Hirnblutung erlitten und lag im Spital. Ich zwang mich, mir nicht gerade das Schlimmste auszumalen. Lara hielt mir den Telefonhörer hin, damit ich Bill anrufen konnte. Dieser konnte nicht viel mehr, als mir ebendies zu bestätigen. Er hatte Sophia morgens auf dem Boden in ihrer Wohnung vorgefunden. Man wisse nicht, wie lange sie bereits so dagelegen habe. Sie werde sehr gut behandelt und alle gäben ihr Bestes, aber es ließe sich erst in ein paar Tagen abschätzen, wie groß der Schaden sei und auch wie gut sich Sophia wieder erholen werde. Im Moment käme sie kaum zu sich, daher sei nicht ganz klar, ob sie Lähmungen davontragen werde, ob sie sprechen könne, und er fügte mit gebrochener Stimme hinzu, ob sie je wieder sie selbst sein werde.

Meine Sophia! Was war Sophia für mich? Wie eine Mutter, aber definitiv kein Mutterersatz. Sicher, die beste Freundin, die ich je hatte – Lara war da nochmals eine ganz andere Dimension. Seelenverwandte tönt abgenutzt, aber vielleicht traf es dies am ehesten. Egal wie man es nennen wollte, ich empfand sehr viel Liebe, Achtung und Freude, wenn ich an sie dachte.

Ich wollte so schnell als möglich zu Sophia, wollte mich aber auf keinen Fall von Lara und Maple trennen, und ich war mir bewusst, dass Maple unser neues Zuhause brauchte. Wir diskutierten alle Varianten durch und kamen zum Schluss, gemeinsam nach San Francisco zu fahren – vermutlich für eine längere Zeit. Wir beschlossen aber auch, allerspätestens Weihnachten in unserem Zuhause in Telluride zu feiern. So rief Lara nochmals ihre Mutter an, um ihr zu sagen, dass es nochmals einen Umweg gebe. Elena meinte, sie und Joe würden in dem Fall wieder nach Hause fahren, aber sie würde sich darum kümmern, dass jemand nach dem Haus schaut.

15. Ein Kreis schließt sich

Zwei Tage später traten wir müde in meine alte, kleine Wohnung, die noch nicht weitervermietet war. Bill hatte uns begrüßt und den Schlüssel gegeben. Auch er sah müder aus als bei unserem Abschied. Immerhin erzählte er uns: „Sophia ist wieder bei Bewusstsein und kriegt fast alles wieder auf die Reihe. Mit etwas Mühe kann sie auch normal reden. Und mit dem bisschen Reden kann sie also recht gut kommandieren." Wir schmunzelten und waren erleichtert. Da die Lähmungen nur langsam zurückgehen würden, sei sie im Rollstuhl und könne diesen auch nicht selbst bewegen. Sie brauche verschiedene Therapien, könne aber theoretisch in ungefähr einer Woche das Spital verlassen. Sein Blick fiel ständig auf Maple und er sah uns fragend an. „Das werden wir dir und Sophia im Spital alles erzählen und erklären." Wie immer freute sich Bill auf spannende Neuigkeiten und ließ einen enttäuschten Seufzer von sich hören – so laut, dass Maple lachen musste, was Lara und mich erstaunte und alle zum Lachen verleitete.

Nach vielen Diskussionen war es Lara, die alle Möglichkeiten zu einem Plan zusammenfasste. „Natürlich hängt es davon ab, ob auch Sophia damit einverstanden ist. Und auch du, Bill, kannst dir nochmals überlegen, ob dies für dich wirklich in Ordnung wäre. Es wären für den Moment große Veränderungen. Sophia könnte vorübergehend in Bills Wohnung ziehen, die ebenerdig und nahe am Garten ist. Ich und Maple können uns tagsüber und wo nötig auch nachts um sie kümmern. Bill würde in Roberts altes Apartment ziehen. Unsere kleine Familie könnte sich provisorisch in Sophias Wohnung einrichten, da diese ein Zimmer mehr hat. Sowieso werden wir oft alle zusammensitzen und plaudern, essen und, wer darf, ein Glas Wein oder ein Bier trinken."

Sophia war überglücklich, uns alle zu sehen und nach zehn Minuten saßen wir alle um sie, ich mit Maple auf dem Schoß. Lara und ich konnten Sophia und Bill erzählen, was alles in den letzten Tagen geschehen war und wie wir mit Maple eine Familie wurden. Wir konnten und wollten nicht alles bis ins letzte Detail erklären. Lara berichtete, dass sie Maples erste Mutter sehr gut gekannt und gemocht hatte und dass diese bei einem Feuer ums Leben gekommen war. Dass der leibliche Vater nie bekannt gewesen sei und dass nun wir Mutter und Vater und zusammen eine Familie seien. Wir erzählten vom Waisenheim in der Nähe von Las Vegas und Mrs Wilson, die sich sehr fürsorglich um das Heim und die Kinder gekümmert hatte und sich sehr schweren Herzens von Maple verabschiedet hatte, aber es für ihre Zukunft für das Beste gehalten hatte. Ich erwähnte, dass Mrs Wilson uns sicher bald in Telluride besuchen würde. Sophia fragte, wie denn Mrs Wilson mit vollständigem Namen heiße. Wir hatten beide keine Ahnung, aber Maple rief voller Freude darüber, dass sie es wusste: „Sie heißt Mrs Mary Helen Wilson." Sophias Augen leuchteten wie ein Weihnachtsbaum, auch wenn sie sich sehr Mühe gab, dies zu verheimlichen. Sie sagte nur, dass man dieser Mrs Wilson in dem Fall sicherlich großen Dank aussprechen müsse und dass sie ihr schreiben werde. Mrs Wilson fühle sich sicher sehr allein, jetzt wo doch Maple nicht mehr bei ihr sei. Ich fand dies zwar sehr herzlich und sehr typisch für Sophia und doch dachte ich später noch lange darüber nach, was ihre Augen zum Leuchten gebracht haben könnte und ob es ein frohes Leuchten oder auch ein Leuchten der Angst oder des Schmerzes gewesen war. Konnte es wirklich sein, dass Sophia Mrs Wilson kannte? Sie waren etwa im gleichen Alter. Ob sie zusammen in einem

Heim aufgewachsen waren? Sophia hatte mir zwar viel aus ihrem Leben erzählt, aber sicher nicht alles und nichts über ihre Kindheit.

So gingen wir nach Hause und stellten die drei Wohnungen komplett auf den Kopf und richteten sie für die nächsten beiden Monate mit dem Bestehenden neu ein. Da wir dabei auch vieles zu reinigen und zu flicken hatten, zog sich die ganze Übung über mehrere Tage hin. Trotz der Umstände schienen mir diese Tage die glücklichsten meines Lebens. Bill musste den Tag über zur Arbeit und so übernahmen Maple, Lara und ich den größten Teil der Arbeit und wir entwickelten uns zu einem Arbeitsteam und vor allem zu einer Familie. Wir machten Maple mehrmals darauf aufmerksam, dass wir „unsere" Wohnung nur für eine kurze Zeit einrichteten und doch war es eine ideale Ausgangslage, da wir gemeinsam etwas aufbauen konnten und jeden Gegenstand gemeinsam da platzieren konnten, wo wir drei es für richtig hielten. Wir waren nicht unter großem Zeitdruck, sodass wir genügend Zeit für Albernheiten hatten und auch die Nachbarschaft erkunden und die Nachbarn kennenlernen konnten.

Auch wenn wir im Dezember wieder nach Telluride fahren würden, waren wir uns sicher, dass wir nicht zum letzten Mal in San Francisco waren. Lara nahm bereits Kontakt mit der Schule in Telluride auf, damit wir Lara auf die Schule vorbereiten konnten und auch um ein Gespür dafür zu erhalten, wie weit sie war und für welche Stufe sie geeignet war. Ursprünglich wollte ich mir für die beiden Monate Arbeit suchen, aber wir beschlossen, dass mit dem Führen von zwei Haushalten, der Pflege von Sophia und dem Unterricht von Maple genügend Arbeit für uns beide vorhanden war. Zudem wollten wir auch San Francisco und die Umgebung zusammen erkunden.

Nach einer knappen Woche war es dann so weit und wir konnten am Freitag Sophia vom Spital abholen. Zuerst wollten wir sie zu viert im Rollstuhl in den Garten hochtragen, doch es stellte sich schnell heraus, dass dies nicht praktikabel war. So nahm ich sie auf meinen Rücken, was problemlos ging. Sophia konnte bereits wieder lachen und Witze machen: „Ich hätte mir nie träumen lassen, dass ich eines Tages hoch zu Ross in mein Schloss reiten kann!" Wir mussten alle lachen. Kurz darauf kamen die Tränen, als Sophia mit dem Rollstuhl über die neue Rampe in ihr provisorisches Heim fuhr. Sie war sichtlich gerührt, dass wir an alles gedacht hatten und dass sie Freunde hatte, auf die sie sich so verlassen konnte. Ich denke aber, die eine oder andere Träne war doch auch dem Umstand geschuldet, dass sie im Rollstuhl saß und nicht wusste, ob sie vollends genesen würde und wie viel Zeit es brauchen würde. Für den nächsten Tag hatten wir eine kleine Feier mit Sophias engsten Freunden organisiert. Es sollte nur eine kleine Feier und keine Party werden, da sie der verzogene Gesichtsausdruck sehr störte und sie auch schnell müde wurde. „Ich will ja nicht wie ein Freak zwischen allen sitzen und sie erschrecken. Hm, immerhin wissen dann gleich alle, woran sie sind und haben keine Hemmungen, vorbeizukommen, und sehen, dass ich noch immer dieselbe bin."

Wir waren morgens kaum aufgestanden, als Maple rief, Mrs Wilson würde unten im Garten stehen. Auch wenn ich mir über Mrs Wilson in den letzten Tagen viele Gedanken gemacht hatte, erschreckte mich die Nachricht bis aufs Mark. Bei allen Varianten, die ich durchgekaut hatte, überschattete die Angst, unsere Familie könnte die doch noch lebende Mutter oder einen potenziellen Vater auf den Plan rufen und wir würden Maple wieder verlieren. Ich zog mich panikartig an, wenn man das überhaupt so nennen konnte. Ich zog einfach an, was in der Nähe war, und rannte die Treppe hinunter. Doch bis ich unten angelangt war, konnte ich sehen, dass Sophia bereits auf der Veranda war und Mrs Wilson vor Sophia im Rollstuhl auf den Knien war und sich die beiden eng umschlangen. Es gab viele Tränen und auch Küsse. Einerseits fühlte ich mich als ungewollter Beobachter, auf der anderen Seite beruhigte ich mich langsam, da Maple offensichtlich nicht der Grund von Mrs Wilsons Besuch war. Ich schlich mich davon, als Sophia mich zu ihnen rief. Sie entschuldigte sich für die Geheimniskrämerei, aber sie habe nicht gewusst oder nicht zu träumen gewagt, dass es sich um die richtige Mary Wilson handelte und sie hätte nicht zu träumen gewagt, dass es zu einem so baldigen Wiedersehen käme. „Gern erzähle ich euch später in aller Ruhe, wie wir uns kennengelernt und wieder aus den Augen verloren haben. Treffen wir uns in einer Stunde zum Kaffee bei mir?"

„Mary und ich waren zusammen in Korea als Krankenschwestern tätig", begann Sophia nach einem ersten Schluck Kaffee. „Gott, wir waren beide jung und so naiv. Mary wollte nach Korea, um in der Nähe ihres Verlobten zu sein; ich wollte einfach helfen. Na ja, ich wollte helfen und mich wohl auch beweisen. Als ich eine Anzeige respektive einen Aufruf in der Zeitung las, habe ich nicht lange überlegt. Ich wusste, wie schlimm Krieg ist, aber ich dachte, dass der Krieg in diesen modernen Zeiten mehr von Fahrzeugen, Hubschraubern und Flugzeugen ausgeführt würde. Ich dachte, noch diesen einen ‚Konflikt' lösen, dann ist die Welt dem Frieden nahe. Wir waren beide keinen Moment auf das unermessliche Elend für unsere Soldaten und auch die Zivilbevölkerung gefasst. Wir arbeiteten ununterbrochen. In unserem windigen Quartier haben wir uns oft gegenseitig in den Armen gehalten und geweint. Wir waren alles, was wir hatten, und klammerten uns aneinander wie ertrinkende Tiere. Dies wurde zu einem Ritual, das auch dann nicht aufhörte, als die Tage nicht mehr völlig erschöpfend waren und aus Tränen wurden zaghafte Küsse. Doch Mary war verlobt und an ein Wiedersehen in den Staaten war nicht zu denken.

So stand ich im Spätherbst 1953 am Hafen in San Francisco in eisigem Regen, beladen mit grauenhaften Erinnerungen und mit ihnen vergrub ich auch meine Erinnerung an Mary und ich vergrub auch gleich einen großen Teil von mir selbst. Es dauerte vierzehn Jahre, bis ich vom reinen Funktionieren, von Alltagsroutine wieder zu mir selbst fand. Vierzehn Jahre war ich auf der Suche nach Anzeichen, dass die Menschheit einen neuen Weg finden würde, und plötzlich explodierte die Welt um mich in Farben, Musik und Liebe. Plötzlich schien das Leben jeden Hollywoodfilm in den Schatten zu stellen. Für mich zerbrach alles. Eine Schale, so starr wie die einer Walnuss, fiel ab und eine neue Person kam zum Vorschein, so jung und zart. Ich war neugeboren und konnte mein Leben von Neuem beginnen. Und doch, was ich am allermeisten vermisste, was ich mir unendlich wünschte, war, Mary wiederzusehen. Und heute, nochmals sechs Jahre später, ist dieser Traum dank euch, Robert, Lara und Maple, in Erfüllung gegangen. Ich bin die glücklichste Frau der Welt!", sagte sie und breitete beide Arme weit aus – auch den linken Arm, den sie gestern noch kaum anheben konnte. Wir alle jubelten, umarmten uns mit Tränen in den Augen.

„Wir hätten so viel Zeit zusammen verbringen können", sagte Mary. „Mein Mann hat sich nur drei Jahre nach unserer Hochzeit das Leben genommen. Er war ein sehr lieber, zärtlicher und fürsorglicher Mann. Er wurde im Krieg schwer verletzt und hatte oft Schmerzen. Als er seine Stelle verlor, weil er sich so viel krankmelden musste, hat er das nicht verkraftet. Auch ich fand lange Zeit keinen Frieden mit der Welt. Als ich Jahre später mit Freunden Ferien in Las Vegas und der Umgebung unternommen hatte, stieß ich in einer Zeitung auf eine ausgeschriebene Stelle als Mitarbeiterin im Kinderheim. Der Heimleiter war ein sehr schwacher Mann, der seine Zeit mehr am Roulettetisch und mit Alkohol verbrachte, als sich um das Wohl der Kinder zu kümmern. Nach seinem frühen Tod bei einem Unfall bot mir die Aufsichtsbehörde die Leitung an, wenn ich entsprechende Kurse besuchen würde. Seither war das Heim mein Leben und die Kinder meine große Freude. Doch nun werden viele Heime geschlossen und zusammengelegt und mir fehlen die Qualifikationen, um ein größeres Heim zu leiten. Ich habe mir in den letzten Monaten viele Gedanken gemacht, was ich mit meinem Leben anfangen soll. Ich bin nicht mehr jung, doch alt bin ich nun wirklich auch noch nicht. Ich dachte, ich suche und finde einfach wieder eine andere Stelle, aber das Heim und die Kinder loszulassen, um etwas Neues anzupacken, dazu fehlte mir die Energie. Ich konnte es mir einfach nicht vorstellen, auch nicht wofür. Als ich den Brief von Sophia in den Händen hielt, war ich wie vom Blitz getroffen. Ich war so glücklich und so dankbar. Wie kann es sein, dass sich immer wieder eine Tür öffnet? Und ich kann mir keine schönere Tür vorstellen, egal wie es weitergeht."

Als wir wieder oben in unserer Wohnung waren, sagte Maple: „Mama, wie kann es sein, dass plötzlich alles so schön ist und alle nur noch aus Freude weinen?" Und wieder kamen die Tränen. Es war das erste Mal, dass Maple Lara „Mama" genannt hatte. Lara setzte sich mit Maple auf das Sofa. „Es wird nicht immer so sein, Maple, es kommen auch wieder normale Zeiten auf uns zu und es wird auch Tränen der Trauer geben. Das ist normal so und in Ordnung. Wir müssen einfach immer daran denken, dass wir alles wieder zum Guten kehren können und uns immer an diese glücklichen Zeiten erinnern, im Wissen, dass noch viele solche glücklichen Zeiten kommen werden."

16. Alle haben Pläne

Die Zeit verging wie im Flug. Mary musste vorerst wieder zurückfahren, um im Heim nach dem Rechten zu sehen. Während Sophia und Mary ihr weiteres Leben in der Chestnut Street am Planen waren, wurde auch unser Wegzug nach Telluride konkreter. Ebenfalls wollten wir unsere Familien über alle Neuigkeiten informieren. Ein paar Tage nichts über unsere Hochzeit zu sagen, war eines, aber wir konnten nicht zwei Monate unseren Verwandten und Freunden alles vorenthalten, um dann über Weihnachten alle zu überfahren. So würden sie alle Zeit haben, sich auf Maple und uns vorzubereiten und vor allem sich mit uns zu freuen. Vorfreude ist wirklich eine sehr schöne Freude. Wir wollten nicht allein dafür nach Colorado zurückfahren, jetzt, wo wir uns als Familie in San Francisco gerade so schön eingerichtet hatten. Ebenfalls kam die Frage auf, wo wir in Telluride wohnen würden. Das wunderschöne Haus von Lara wollten wir nicht missen, doch es war auf lange Sicht schlicht zu klein für uns drei. Allenfalls könnte man es kaufen und auf einer Seite einen Anbau machen oder vom Nachbarhaus etwas dazukaufen. Wir wollten allerdings auch mehr Umschwung und Garten für Früchte und Gemüse. Wir wollten einfach sofort ein großes Zuhause, in dem wir Weihnachten und Hochzeit feiern konnten. Doch wir mussten einsehen, dass die Zeit zu knapp und wir von Telluride zu weit entfernt waren, um uns bereits jetzt dieser Frage anzunehmen. So beschlossen wir, nicht nach Telluride zu fahren und all unsere Liebsten telefonisch über unser neues Glück zu informieren und sie auf Dezember zu vertrösten. Alle freuten sich von ganzem Herzen für uns und mit uns. Wir luden einfach alle für den Samstag vor Silvester nach Telluride zum Fest ein. Dabei hatten wir noch keine Ahnung, wo dieses Fest stattfinden sollte und auch nicht, wie wir es gestalten sollten. Edgar, der ehemalige Chef von Lara, bot uns das Moose, das ganze Restaurant, an und versicherte uns, er wolle keinen Dollar an dem Fest verdienen – dies sei sein Hochzeitsgeschenk. Da das Restaurant mit all dem Innenausbau aus Holz sehr heimelig war und auch weil wir uns da kennengelernt hatten, nahmen wir das Angebot am nächsten Tag sehr gern an. Wir überließen das Menü ihm und würden uns vor Ort um die

Dekoration kümmern. Für die engere Familie konnten wir Zimmer organisieren und freie Hotels gab es auch noch genügend. Wir hatten den Termin auf nach Weihnachten verschoben, da viele Leute vor Weihnachten noch so viel zu erledigen hatten. Es schien aber, dass die meisten Weihnachten in Telluride verbringen würden. So hatte Maple auch genügend Zeit, alle in Ruhe kennenzulernen. Sie war sehr gespannt auf ihre neuen Cousinen und Cousins.

Beim Planen der Einladungskarten mussten wir uns überlegen, wie wir das Fest nennen wollten. Ein klassisches Hochzeitsfest fand üblicherweise nach der kirchlichen Trauung statt. Wir waren uns beide einig, dass wir diesen Bund nicht von einem Priester besiegeln lassen wollten – wir kannten ja auch keinen. Lara und ich saßen auf dem Boden in der Chestnut Street und sahen uns überrascht, ratlos und fragend an. Lara begann zu lachen, einerseits über mein ratloses Gesicht und andererseits weil wir uns so wenige Gedanken dazu gemacht hatten. Ich krabbelte zu Lara rüber, wir hielten uns fest und konnten kaum aufhören zu lachen. Maple kam gerannt und fand es ungerecht, dass sie bei so einem lustigen Anlass nicht dabei sei. Wir zogen sie zu uns und Lara sagte, noch immer lachend, sie werde immer dabei sein und sie solle sich nie beklagen, wenn wir zu sehr an ihr kleben würden. Wir besprachen das Ganze etwas sachlicher und Maple sagte, die

Hauptsache sei, dass wir uns die Ringe an den Finger stecken, uns küssen und zueinander Ja sagen würden. Erst da fiel uns auf, dass wir uns auch noch nicht um Ringe gekümmert hatten. Wir waren aber mit Maple einig. So wollten wir an einem schönen Ort die Ringe austauschen, uns Liebe und Rückhalt in allen Situationen versprechen und uns alle drei segnen lassen. Wir überlegten, wer diese Zeremonie leiten könnte, und waren innerhalb kürzester Zeit bei Sophia. So gingen wir alle drei runter, um Sophia zu fragen, ob sie uns in Telluride das Ja-Wort abnehmen würde und für uns einen Segen sprechen könnte. Wie erwartet sagte sie uns zu mit einem Lächeln, aber auch einem Gesichtsausdruck, der verriet, wie ernst sie diese Aufgabe nehmen würde.

So wollten wir in den nächsten Tagen die Ringe und die passenden Kleider suchen. Die Wahl der Ringe fiel uns überraschend leicht, da wir uns auf den ersten Blick in wunderschöne Silberringe verliebten, die je einen Aquamarin eingelassen hatten und mit einem Blättermuster überzogen waren. Der Juwelier erklärte uns, dass er gern eine feinere Einfassung gewählt hätte, damit die Steine noch mehr leuchten würden. Aquamarine seien aber nicht so fest wie Diamanten und müssten daher besser geschützt werden. Wir fanden dies sehr passend, da auch die Liebe nicht wie ein harter Diamant war, sondern behütet und am Leuchten erhalten werden musste. Das Finden der richtigen Kleidung war deutlich schwieriger, obwohl wir ursprünglich keinen so großen Wert darauf legen wollten. Wir suchten nichts Klassisches in Schwarz und Weiß, aber auch nichts Übertriebenes wie ein Kostüm. Es sollte eine einfache Kleidung sein, passend zu Telluride und dem Winter, aber auch die nötige Feierlichkeit ausstrahlen, um den Ernst unseres Versprechens zu betonen. Nachdem wir mehrmals von Laden zu Laden geschlendert waren, sah Maple in einem Schaufenster ein sandfarbenes Wildlederkleid mit wunderschön bestickten Bordüren. Sie weinte fast vor Glück, etwas so Schönes gefunden zu haben. So gingen wir in den Laden, um es anzuprobieren. Sie sah unglaublich aus, süß wie das kleine Kind, das sie war und doch stolz wie Pocahontas, sehr traditionell und doch für eine Hochzeit sehr alternativ. Lara fand dies so entzückend, dass sie ein ähnliches Kleid wollte. Nach vielem Fragen, wurde uns eine Firma empfohlen, die zwar Kostüme herstellte, allerdings nur Einzelstücke und in bester Handarbeit. Diese würden oft für die Hauptbesetzungen in Filmen, aber auch für kulturelle Anlässe hergestellt werden. Tatsächlich fand Lara ein schönes, sehr helles Kleid aus weißem Leinen mit braunen und dunkelblauen traditionellen Mustern an Ärmeln und Kragen. Nachdem wir mit den beiden Kleidern nochmals quer durch die ganze Stadt gefahren waren, hatte ich am Ende lederbraune Baumwollhosen und dazu ein kragenloses Hemd, eine Weste und einen kragenlosen Kittel – alles in Dunkelblau. So speziell die Kleider waren, passten sie doch sehr gut zusammen. Wir probierten in der Chestnut Street alles nochmals an und es sah zum Glück sehr schlicht und harmonisch aus.

Hatten wir nun alles? Für den Moment ja und noch mehr Aufwand hätte uns übertrieben geschienen.

Auch Mary, Bill und sein neuer Freund Frank würden über Weihnachten nach Telluride kommen und so zeichnete sich bald ab, dass wir halb Telluride über die Tage in Beschlag nehmen würden. Nachdem dies alles organisiert war, waren wir wieder voll für Sophia da, um ihr bei der Planung zu helfen. Sie wollte nach Weihnachten wieder in ihre alte Wohnung zurückziehen und Mary würde voraussichtlich im Frühjahr entweder in die Garten- oder in die Dachwohnung ziehen, je nachdem, was Bill wollte. Es war sicherlich vernünftig, dass Sophia und Mary sich Zeit ließen, sich wieder besser kennenzulernen. Sophia machte dank anstrengender Therapie gute Fortschritte und würde bis Ende des Jahres wieder an einem Stock gehen können. Der Gesichtsausdruck hatte sich bereits wieder so weit normalisiert, dass man auf den ersten Blick nichts Besonderes erkennen konnte.

Mit Sophia und Bill verband mich etwas, das über eine normale Freundschaft hinausging. Oder es war einfach sehr viel freundschaftliche Liebe. Am Anfang hatte ich Angst, Lara könnte sich ausgeschlossen fühlen. Sie fand aber, dass es für sie genau so stimmen würde. Sie schätze die Freundschaft zu allen und könne viel Kraft daraus gewinnen. Bill wiederum hatte einen so guten Draht zu Maple, dass ich teilweise fast eifersüchtig wurde. Sie spielten und lachten zusammen so unbeschwert wie Geschwister. Bill war Maples bester Freund und er ließ sich immer wieder etwas Neues einfallen, das ihre ganze Aufmerksamkeit verdiente. Ich musste mich damit abfinden, dass ich nicht sämtliche Rollen gleichzeitig einnehmen konnte, und sie brachte mir unendlich viel Liebe entgegen.

Es schien, als kannten wir uns alle seit sehr langer Zeit. Wir verbrachten fast jeden Abend zusammen beim Essen oder mit einem Bier. Inzwischen hatte Bill mit Frank einen sehr lieben Freund und Partner gefunden, der nicht nur Frank hieß, sondern auch aussah wie eine Kurzhaarversion von Frank Zappa. Sophia und Lara sahen meine Erleichterung, als Bill Frank zum ersten Mal zum Essen mitbrachte und ihn vorstellte.

Wir versuchten immer wieder, Maple von allem Trubel etwas abzuschirmen und möglichst viel Zeit mit ihr zu dritt zu verbringen. Doch wir hatten Maple in fast jeder Hinsicht unterschätzt. So wie ihre schulischen Leistungen keinerlei Problem darstellten und sie ihren Klassenkameraden gegenüber sicherlich nicht im Nachteil sein würde, so wuchs sie auch im Sozialleben über sich hinaus. Kurz: Sie war wie ein Fisch in frischem Wasser. Sie freute sich über unsere Familie, über unsere Freunde, sie schenkte jedem ein Lächeln und half, wo sie konnte. Und trotzdem wurde mir angst und bange, wenn ich darüber nachdachte, dass wir ihr all das, was sie im letzten Monat aufgebaut hatte, in wenigen Wochen wieder wegnehmen würden. Doch ich wollte zuversichtlich bleiben.

Sophia konnte ihre Arbeit als Lektorin langsam wieder aufnehmen. So machten wir zu dritt Erkundungstouren in San Francisco, Sausalito, Stinson Beach, Muir Woods oder im Napa Valley.

Wir genossen diese Zeit in vollen Zügen – zuerst wie Ferien und irgendwann hatten wir uns einfach daran gewöhnt. Je näher der Dezember kam, umso dringender hatte ich aber auch das Gefühl, dass diese Zeit zu Ende gehen sollte. Es fühlte sich nicht richtig an, als Familie so lange vom Ersparten zu leben. Dies war zwar eher eine Frage des Prinzips, da wir sehr wenig Geld brauchten. Sophia wollte partout keine Miete annehmen – da konnte sie richtig grantig werden. Es war mehr, dass ich mich so sehr auf neue Aufgaben und einen neuen Platz im Leben mit Lara und Maple freute. Ich wollte wieder eine Arbeit und ein „normales" Leben haben, am Morgen zur Arbeit fahren und am

Abend nach Hause kommen. Lara wollte weiterhin ein bis zwei Abende bei Edgar im Moose arbeiten. Später wollte sie eine Weiterbildung machen, wusste aber noch nicht in welche Richtung. So würde vorerst sie sich tagsüber um Maple kümmern, wenn sie nicht in der Schule war. Ich würde eine Stelle suchen oder mich selbstständig machen. Ich würde dafür am Abend nach Maple schauen. Es war aber klar, dass bald auch Lara frei sein sollte in der Wahl ihres Berufs.

17. Weihnachten in Telluride

Nach Thanksgiving gingen wir alle mit so viel Elan ans Aufräumen, Einpacken, Ummöblieren und auch Umziehen – Sophia zog bereits in ihre alte Wohnung –, dass wir nach zwei Wochen mit allem fertig waren und ins Auto nach Telluride hätten steigen können. Bill musste allerdings wenigstens noch eine Woche bis Mitte Dezember arbeiten. Frank hatte ohnehin Probleme mit seinem Chef, weil er über die Festtage nicht für das Taxiunternehmen fahren würde. Aber er fand, er würde nötigenfalls künden, da er im neuen Jahr sofort eine neue Stelle hätte. Wir wollten zwar in zwei Autos, aber gemeinsam fahren. So war die letzte Woche in San Francisco etwas komisch, wie eine verlorene Woche des Wartens, wenn wir uns auch sehr bemühten, die Zeit sinnvoll zu nutzen. Maple wollte immer wissen, wie Kastanien aussehen und wie man diese essen konnte, da wir ja in der Chestnut Street wohnten. So hatten wir in der letzten Woche alles ausprobiert an Kastanienkonfitüre, Kastaniencookies, Kastaniencreme, Kastanienkuchen, Wild mit Kastanien und wir rösteten im Garten Kastanien über der Glut eines kleinen Feuers. Einiges hatten wir auch so vorbereitet, dass wir es mit nach Telluride nehmen konnten, um es dort allen Freunden und Verwandten zu schenken. Lara machte Witze, dass mindestens die halbe Ladefläche unseres Pick-ups mit Kastanienprodukten gefüllt sein würde. Maple und ich entgegneten, dass wir sicherlich auch eine ganze Ladefläche an Kastanien verarbeitet hatten. Und so war es dann irgendwann Samstagmorgen Mitte Dezember und wir fuhren los. Lara, Maple und ich im Pick-up und Bill, Frank und Sophie nahmen Bills Ford Taunus. Wir fuhren bis Las Vegas und nahmen dort Mary mit. Wir trafen uns in einem Restaurant an einer Kreuzung, um Maple zu diesem Zeitpunkt nicht mit dem Heim und den anderen Kindern zu verunsichern. Wir übernachteten in Las Vegas, was für Maple ein großes Abenteuer war.

So standen wir am Sonntagabend in Telluride bei leichtem Schneefall im eiskalten Wind vor Laras Haus. Lara ging mit allen rein und Bill und Frank halfen mir, die beiden Fahrzeuge aus- und abzuladen. All unsere feinen Kastanienprodukte hatte freundlicherweise Bill in sein Auto genommen, damit sie nicht gefrieren konnten. Die Nachbarn, Edgar vom Moose und seine Frau Ellie, kamen auch rüber. Sophia und Mary würden diese Tage bei den beiden wohnen. Wir waren uns sicher, dass sie da in besten Händen sein würden. Edgar und Ellie gingen ebenfalls langsam in Richtung fünfzig und Lara war sich sicher, dass zwischen den vieren eine Freundschaft entstehen würde. Glücklicherweise hatte Edgar bereits am Vortag in Laras Haus mit Heizen begonnen, sodass es herrlich warm war. Ellie hatte einen Teil unseres Schlafzimmers als Kinderzimmer für Maple eingerichtet. Sie stellte uns die Kindermöbel ihrer Tochter zur Verfügung, die inzwischen bereits ausgezogen war. Für Bill und Frank reichte es immerhin für Matratzen auf Palettenrahmen und guter Bettwäsche im Wohnzimmer bei uns. Sie wollten aber am nächsten Tag ins Hotel ziehen. Nach Kaffee, Tee und Kastanienkuchen teilten wir uns alle auf und gingen recht früh zu Bett.

Die Tage bis nach Weihnachten vergingen wie im Flug. Jeden Tag kam wieder jemand Neues angereist. Zuerst mein Bruder mit seiner sehr netten Frau und den beiden Töchtern im Alter von Maple, dann kam Martha, darauf Elena und Joseph, dann meine Schwester mit ihrem Sohn, ebenfalls im Alter von Maple, und am Schluss meine zwei besten Freunde aus Denver Dale und Devon. Laras Freunde waren inzwischen ohnehin alle in Telluride zu finden. Die Tage waren ausgefüllt mit Spaziergängen, Kaffeetrinken, alles Vorbereiten und allen alles zu zeigen. Edgar und Sophie fanden, es würde das beste und entspannteste Hochzeitsfest aller Zeiten geben, da wir sie machen ließen, wie immer sie es für gut fanden. Trotz ständiger Kälte wollten wir das Ja-Wort und die Segnung draußen machen. George, mein ehemaliger Chef aus Telluride, räumte das ganze Holz unter dem kleinen Unterstand vor der Stadt weg, damit wir diesen für die Zeremonie brauchen konnten. Wir organisierten haufenweise Decken für die Gäste, ich bekam ein kleines Büffelfell für die Schultern und Lara ein weißes Schafsfell. Für Maple konnten wir einen Umhang in den Farben der Bordüren ihres Kleides finden.

Am Freitagabend kam ganz überraschend John, der Ranger von den Great Sand Dunes, angereist. Ich hatte ihn ebenfalls eingeladen, da er einer der Menschen auf meiner Reise war, die mich in Gedanken so lange begleitet hatten. Er sagte, er habe so viel an mich und unsere Diskussionen gedacht und wolle nun sehen, wohin und vor allem zu welcher Frau mich die Reise geführt hatte. Seine Familie sei noch so froh gewesen, ihn nach den Feiertagen für zwei Tage zu entbehren. Ich war so unendlich stolz und dankbar, dass wir so viele, so herzensgute und liebe Menschen versammeln durften, um diesen Moment gemeinsam zu feiern. Und während ich der Zeremonie in San Francisco noch kaum Wichtigkeit geschenkt hatte, war ich in den letzten Tagen so sehr zu Hause angekommen, dass ich sehr stolz darauf war, Lara das Ja-Wort inmitten unserer Freunde zu geben und den Segen für Maple und unsere Familie zusammen mit ihnen entgegenzunehmen.

So waren wir am Samstagnachmittag mit unseren knapp vierzig Freunden vor der Stadt vereint. Es war sehr hell, aber ohne Sonne und der Schnee fiel noch immer leicht aus den Wolken auf die Lärchen und Birken um uns herum. Im Unterstand gab es außer einem Tisch mit Blumen, den Ringen und einer Kerze nichts und wir standen alle nahe beieinander. Sophie fand wunderschöne Worte. Sie wünschte uns Liebe, Freundschaft, Gesundheit, Gutes und Lebensfreude, machte uns aber auch auf die Schattenseiten und schweren Aufgaben im Leben aufmerksam. Sie erwähnte nicht nur die Liebe unter Verheirateten, sondern auch die Nächstenliebe und Hilfsbereitschaft den Freunden und der Gesellschaft gegenüber. Ich fand diesen Gedanken sehr schön und konnte dies aus ehrlichstem Herzen bejahen. Es würde lange dauern, bis dieses Versprechen eingefordert werden würde, dann aber umso heftiger. Doch dies konnte ich damals nicht wissen. Im Moment stand nur Lara im Zentrum meiner Gedanken und Sophie vermählte uns. Ich hätte nie gedacht, dass einen Ring auszutauschen dermaßen emotional sein kann, wo wir sie doch fast vergessen hatten. Anschließend gaben Lara, Maple und ich uns die

Hände, standen im Kreis und Sophie gab uns den Segen von ihr und dem ganzen Universum. Alles dauerte nur etwa eine halbe Stunde, dann jubelten wir und alle umarmten alle. Edgar zog einen Wagen mit Thermosflaschen voller Tee und Glühwein hinter dem Unterstand hervor und er und Ellie stimmten ein wunderschönes Lied an. Wir begannen mit Maple im Kreis zu tanzen und mitzusingen. Bald tanzten alle mit den Schneeflocken um die Wette und waren gemeinsam mit uns einfach glücklich!

Vorschau Fortsetzung

Markus Gasser

Wir waren nicht allein

Roman

Lara und ich saßen im Moose an einem Tisch und warteten auf unsere Freunde Paula und George. Es würde sicherlich ein schöner Samstagabend mit Livemusik, Bier und einem Steak geben. Edgar brachte unsere beiden Biere, als Tom Huckley von den Billardtischen rüberrief: „Hey, Robert, haben dich die Schwulen in San Francisco doch noch rumgekriegt?" Es klang nach leichtem Spott und nicht aggressiv. Edgar flüsterte und lächelte leicht. „Na ja, Rob, da bist du nicht ganz unschuldig." Ich rief rüber: „Glaub mir, rennen ist gesund, und ich glaube, deine Melissa wäre auch froh, wenn sie die nächsten zwanzig Jahre noch mehr von dir hätte, als dir den Bauch mit Schmerzsalbe einzureiben!" Das war zwar leicht unter der Gürtellinie, da ich wusste, dass er Probleme mit der Leber hatte, aber so war das Thema vorerst vom Tisch.

Edgar hatte recht und ich wusste bereits in San Francisco, als ich mir die Turnschuhe und die Sportkleidung gekauft hatte, dass es sogar im recht sportlich orientierten Telluride ein „Hallo" geben würde, wenn jemand der Einheimischen zum Vergnügen in der Freizeit rennen würde. Ich war in Frisco zweimal mit Bill rennen gegangen, nachdem ich mich über meinen immer größer werdenden Bauch beklagt hatte. Es war wunderschön, die Küste entlang zu rennen, sich völlig zu verausgaben, die Grenzen zu spüren und zu wissen, dass es dem Körper guttat. Ich bewegte mich auf den Baustellen viel, aber in letzter Zeit saß ich deutlich mehr am Schreibtisch, als dass ich an der Kreissäge gestanden hätte und wenn ich auf der Baustelle war, ging es auch mehr um Planung und Kontrolle denn ums Montieren mit eigener Muskelkraft. Wie auch immer, das wenige an Bewegung reichte offensichtlich nicht, um meinen zu großen Appetit zu kompensieren. Lara brachte immer wieder neue Ideen, die wir zusammen kochten, und Maple backte einen feinen Kuchen nach dem anderen. Sie hatte nach unserer Kastanien-Backorgie in Frisco nie damit aufgehört. Am Anfang halfen wir ihr noch, doch in der Zwischenzeit war sie die beste Bäckerin von ganz Telluride mit ihren sechzehn Jahren. Ich brachte also meine Sportkleider mit nach Telluride und ging einmal durch die Woche und einmal am Wochenende rennen. Zuerst nur in der Ebene des Tales, inzwischen auch auf den Flurstraßen die Berge in der Umgebung hoch. Gerade jetzt im Frühsommer war es herrlich, wenn sich am Abend die Wärme des Tages mit der kühlen Bergluft mischte und in der Natur alle Sorgen von mir fielen wie Herbstlaub. Lara lachte mich manchmal auch etwas aus, freute sich allerdings auch, dass der Bauch in kurzer Zeit wieder weg war und es mir prächtig ging.

Wir waren nun knapp neun Jahre gemeinsam in Telluride und ein fester Teil der Leute hier und wir fühlten uns wohl wie die Fische im Wasser. Jeder kannte jeden und jeder half dem anderen. Dank dem Tourismus, dem Ski-Resort, dem Bluegrass Festival und all den anderen attraktiven Angeboten florierte die Stadt. Die ganze Bevölkerung arbeitete sehr hart. Die ruhigsten Monate im Tourismus waren Mai und November bis Dezember, aber auf der anderen Seite waren es die Monate, in denen sich die ganze Stadt neu erfand und gebaut und saniert wurde, was immer noch irgendwie reinging. Bei aller Umtriebigkeit im Beruflichen waren wir stolz darauf, wir selbst geblieben zu sein. Wir gaben nicht mehr Geld aus, als nötig war, und stellten das Familienleben an oberste Stelle. Auch mit unseren Freunden, insbesondere Ellie und Edgar, Bill und Frank, Sophia und Mary und Paula und George, verbrachten wir viel Zeit und waren immer zur Stelle, wenn es nötig war. Im April besuchten wir meistens Bill, Frank, Sophia und Mary in San Francisco und genossen die herrliche Wärme, liefen in Shorts bei kühlem Wind am Meer entlang, genossen die Stadt, das Angebot der Stadt und sogar die Ruhe der Stadt, bevor in Telluride die Bau- und Frühsommersaison losging. Bill kam meistens im Sommer nach Telluride zu Besuch zum Wandern oder im Winter mit Frank zusammen zum Skifahren. Sophia und Mary kamen meistens im Spätherbst, wenn die Aspen goldig wurden, nur noch wenige Touristen in Telluride waren und die Ruhe in den Rockies einkehrte. Obwohl Denver nur halb so weit entfernt war wie San Francisco, war ich die letzten

Jahre kaum mehr nach Denver gefahren und ich hatte auch meine Geschwister nicht so oft gesehen, wie ich es mir vorgenommen hatte. Wir telefonierten aber sehr regelmäßig und waren immer auf dem Laufenden, wie es einander ging.

Paula und George kamen zur Tür herein und wir winkten sie zu uns an den Tisch. Wir verbrachten einen wunderschönen Abend mit feinem Essen, Bieren und viel Lachen und guter Musik. Kurz bevor der Abend vorüber war – wir waren bereits aufgestanden und unsere Jacken am Anziehen – lief Tom an uns vorbei auf dem Weg zur Toilette, legte mir die Hand auf die Schultern und sagte: „Passt auf euch auf, Robert, die sterben nun da drüben wie die Fliegen in San Francisco!"

Danksagung

Zuerst möchte ich mich beim Leben selbst bedanken, das mir so viele glückliche Momente beschert und mir so viele Einblicke und Eindrücke gewährt hat. Die Gedanken aus meinem bisherigen Leben auszusortieren und einen kleinen Teil davon in Worten festzuhalten war nicht von Anfang an der Plan gewesen. Am Anfang standen mehr Bilder als Worte im Raum. Umso anspruchsvoller war es daher, all die verschiedenen Bilder in einen Roman zusammenzufassen. Bei diesem schwierigen Prozess haben mir sehr viele Freunde mit Zuspruch, Verbesserungsvorschlägen, Wissen über das Land und die Zeit und vor allem mit Lesen, Lesen und nochmals Lesen geholfen. Ein besonderer Dank geht an Kilian, Mona, Roger, Marie-Andrée und Dominique.